THE CHRONICLES OF
NARNIA
纳尼亚传奇

魔法师的外甥

C. S. Lewis

[英] C.S. 刘易斯　著

邓　琳　译

知识出版社

Knowledge Publishing House

图书在版编目（ＣＩＰ）数据

魔法师的外甥 ／ （英）C.S.刘易斯著 ； 邓琳译. --
北京 : 知识出版社，2018.1
　　（纳尼亚传奇）
　　ISBN 978-7-5015-9655-3

Ⅰ. ①魔… Ⅱ. ①C… ②邓… Ⅲ. ①儿童小说—长篇
小说—英国—现代 Ⅳ. ①I561.84

中国版本图书馆CIP数据核字(2018)第001741号

纳尼亚传奇　魔法师的外甥　C.S.刘易斯　著　邓　琳　译

出　版　人　姜钦云
责任编辑　万　卉　张　慧
装帧设计　罗俊南　孙　阳
出版发行　知识出版社
地　　址　北京市西城区阜成门北大街17号
邮　　编　100037
电　　话　010-88390659
印　　刷　太原日报传媒集团有限公司
开　　本　655mm×915mm 1/16
印　　张　10.5
字　　数　108千字
版　　次　2018年1月第1版
印　　次　2021年1月第4次印刷
书　　号　ISBN 978-7-5015-9655-3
定　　价　25.00元

纳尼亚传奇

系列作品顺序

按照原著出版顺序（公元纪年）

按照故事年代顺序（纳尼亚年）

本书魔幻角色介绍

小矮人

小矮人是西方神话中的一个种族，个子矮小，但身板结实、强壮有力。擅长建筑、冶炼，喜欢居住在洞穴和坑道里，且对财富极其迷恋。

女巫

女巫擅长使用巫术、魔法、占星术，据说女巫分为白女巫和黑女巫，白女巫使用白魔法，黑女巫使用黑魔法。

魔法师

魔法师是在欧美民间传说、奇幻文学中经常被提及的角色，他们可以驱使某种神秘力量。魔法师神秘莫测，能够使用魔法做到很多常人做不到的事。

飞马

飞马是希腊神话中最著名的奇幻生物之一，他是一匹有双翼的马，通常为白色。传说他从女妖美杜莎的血泊中诞生，最后被宙斯变成了飞马星座，放置在天空中。

❧ 目录 ❧

第一章
错误的入口

　　这个故事发生在很久以前，那时你的祖父也还是个孩子。这是一个非常重要的故事，因为它讲述了我们自己的世界和纳尼亚王国之间所有的传奇最初是如何发生的。

　　那时候，夏洛克·福尔摩斯先生还住在贝克街，巴斯波还在路易斯姆路寻找宝藏；那时候，男孩们每天都不得不穿硬领衬衫去伊顿上学，并且学校比现在的还要脏许多，但伙食要好些，我不会告诉你，那里的甜食是多么诱人，价格是多么低廉，因为这些只会让你流口水；那时候，伦敦还住着一个叫波莉·普拉的女孩。

　　波莉·普拉住在那一长排窄房子中间的一所小房子里。一天清晨，她在后花园中玩耍时，看见隔壁有一个男孩爬上了花园的篱笆，并俯视着花园。波莉感到非常惊讶，因为到目前为止，她还从来没有在那所房子里看到过任何孩子。那个房子住的是凯特莉先生和凯特莉小姐，他们是一对姐弟，同时也是老单身汉和老处女，他们一直生活在一起。于是，她抬起头来，十分好奇地望着那个男孩。那个陌生男孩的脸很脏，就像是在泥巴里洗过澡一样。男孩发出了一声清脆的尖叫，接着用他灰不溜秋的手擦了擦脸，实际上他一直都是这么做的。

"你好。"波莉说。

"你好。"男孩回应道，"你叫什么名字？"

"波莉，你呢？"

"迪格雷。"

"哦，多么好笑的名字呀！"

"哪里有波莉好笑呀？"

“是很搞笑的啊！”

“哪里！一点也不好笑！”

“无论如何我都会洗脸的，”波莉说，“这是你需要做的，特别是……”她突然停了下来。她本打算说“在你哭泣之后”，但她突然觉得那样讲很不礼貌。

“对呀，我是刚哭过。”迪格雷更加大声地说道。他像是已经悲伤过度，丝毫不在意别人知道他一直在哭。

“你也会哭的。”他接着说，“如果你本来住在乡间，有一匹小马，花园的尽头还有一条小溪，然后突然被带到这样一个野兽居住的洞穴，你也会哭的。”

“伦敦才不是一个洞穴！”波莉气愤地说。但男孩一点也听不进去，他继续说道：“如果你的父亲远在印度，你不得不和你的阿姨以及疯疯癫癫的舅舅一起住（谁愿意呢？），而这又是因为他们在照顾你的母亲，可你的母亲生病了，并且马上就要……就要死去。”他的脸突然间耷（dā）拉了下去，努力控制着不让眼泪掉落下来。

“我不知道，我很抱歉。”波莉心虚地说道。她几乎不知道接下去该说些什么，不过她希望把迪格雷的注意力转移到别的有趣的事物上去，于是她问：“凯特莉先生真的疯了吗？”

“要么疯了，”迪格雷说，“要么就是有什么秘密。他在顶楼上搞什么研究，莱特阿姨警告我不准去那里，看起来的确很可疑。还有另外一件事情，每当吃饭的时候他总是试图跟我讲话，但是从来都不跟阿姨说话。阿姨总是让他闭嘴，她说，‘安德鲁，别让迪格雷操心啦'或'我敢肯定迪格雷没有兴趣知道这些'又或者'迪格雷，你为什么不去花园里玩一下呢'之类的。"

"他想跟你讲什么事情呢？"

"我不知道，他从来都说不到点子上，但是不止那些。有一天晚上，其实是昨晚，经过阁楼楼梯准备去睡觉的时候，我敢肯定自己听到了一声喊叫。"

"也许里面关着一个发疯的妻子。"

"是的，我已经想到了这一点。"

"或许他是一个创造者。"

"或者，他可能是一个海盗，就像最开始在金银岛上的男人，总是逃避他的水手朋友们。"

"多么令人兴奋！"波莉说，"我从来不知道你的房子竟这么有趣！"

"也许你认为它很有趣，"迪格雷说，"但如果你必须在那儿睡觉，你就不会喜欢它。如果你醒着躺在床上，听到安德鲁舅舅沿着走廊慢慢走向你的房间，你会觉得怎么样？而且他有那样一双可怕的眼睛。"

波莉和迪格雷就是这么认识的。那时暑假刚刚开始，他们都没有去海边，几乎天天都碰面。

他们的冒险就这样开始了，主要是因为那个夏天是这几年以来最潮湿、最阴冷的一个夏天，这使得他们很多时候只能进行室内活动。你可能会说，室内探险，这是多么美好啊！他们拥有很多蜡烛，这足够他们去探索自己居住的大屋子，以及周围的一排

房子了。波莉在很久以前就发现，如果在她家的小阁楼上轻轻地拉开一条门缝，便会发现一个水箱，小心翼翼地爬过水箱，会来到一个黑暗的地方。那地方像是一条长长的隧道，一边是砖砌成的墙，而另一边却是倾斜的屋顶。楼顶的木板缝隙间有稀疏的光线投射进来。这条隧道没有地板，你不得不从一块木板移向另外一块木板，木板之间全是石膏。如果你不幸踩在这些石膏上，就会掉到下面房间的地板上。波莉曾把水箱旁边的一节隧道当作她的秘密洞穴，那里放着一些旧包装箱和厨房的破椅子，以及诸如此类的东西。她把这些东西依次摆在隧道的木板上，这样隧道看上去像是有了地板一样。在这里，她珍藏了一个宝箱，里面有各种各样的宝藏：一本她用来写故事的本子，几个苹果，还有她过去常常在这里喝的姜汁啤酒的瓶子，那些陈旧的瓶子让这条隧道看起来更像是一个走私者的洞穴。

迪格雷非常喜欢这个洞穴，虽然波莉从来不让他看那个故事，他更感兴趣的是探险。

"瞧，"他说，"这条隧道有多长？我的意思是，它只有你家那么长吗？"

"不，"波莉说，"这条隧道不止屋顶那么长。它一直延伸下去，我不知道到底有多长。"

"哇！那就是说我们可以在整排房子的屋顶上玩耍啦！"

"是的，我们可以……"波莉说。

"什么？"

"我们可以进入别人的房子。"

"是的，但我们被发现时会被当作窃贼的！"

"别这么自作聪明。我刚才在想你家后面的那幢房子。"

"这个主意不怎么样。"

"它是空的。爸爸说，自打我们来到这里，它就是空荡荡的。"

"我想我们应该去看看它。"迪格雷说，此时他内心无比兴奋，冒险的血液在他体内沸腾翻滚。当然，他在想为什么这间房子空了这么久，波莉也一样在沉思。他们都没有说这个词——闹鬼，并且都认为，一旦大家说出这个词，不去探索就会显得很懦弱。

"我们要不要去尝试一下？"迪格雷问道。

"好吧。"波莉说。

"如果你不想，就不要勉强自己去。"

"如果你去，我就加入这场游戏。"

"我们要怎么才能知道我们是在隔壁那家呢？"他们决定先去摆放着波莉旧箱子的杂物间，步行穿过它，从一块木板走向相邻的另一块木板，这样就能算出一间房子有多少木板。然后他们算出经过波莉的两个阁楼大概有四间房子，女佣的卧室跟那个杂物间大小一样，也有四间，他们最终算出了房子的总长度。当他们经过两倍这样的距离，他们就将抵达迪格雷家房子的尽头，之后他们随意推开任何一扇门，就会进入空房子的阁楼。

"但我不希望它真的是空的！"迪格雷说。

"那你希望阁楼里有什么？"

"我希望有个人偷偷地住在那里，提着灰暗的灯笼，只在夜里进进出出。也许我们将发现一伙绝望的犯罪团伙，并获得奖赏。房子这么多年都是空的，就感觉房子已经腐烂了一样，除非让它有一些神秘感，房子才像有了生命，才会重新被人们接受。"

"我爸爸说那一定是下水道。"波莉说。

"呸！大人满脑子都是无趣的想法。"迪格雷说。他们现在说话的这会儿，日光正照在阁楼上，这空房子看起来不太可能会闹鬼。

他们测出阁楼的长度后，便拿出铅笔来计算总长。起先，两人答案不一致，但即使得出同一结果，我也怀疑他们是否算对了。此时，这对他们来说并不重要，他们实在是迫不及待了，没有什么比伟大的探险更让人兴奋了！

"我们不能发出声音。"当再次爬到水箱后面，波莉说。因为这是一个非常重要的时刻，他们每人都拿了一根蜡烛，波莉在她的洞穴里储存了非常多的蜡烛。

昏暗、通风的隧道里布满了灰尘。他们一言不发地从一块木板走向另外一块，然后低声对另一个说："我们现在到了你的阁楼对面啦！"或者"我们已经走到你房子的一半啦！"全程他们都没有跌下去，蜡烛也没有熄灭。最后他们来到了一个地方，在他们右手边的砖墙上可以看到一个小门。没有门闩，也没有手柄，当然，这个门只为进去者提供方便，却不易出去，但门上有一个挂钩（就像橱柜门的内侧也经常有的挂钩一样），因此他们肯定能够将门转动。

"我们要不要进去？"迪格雷问道。

"如果你进去，我也进去。"波莉说，就像她以前说过的一样。他们认为，目前的事态比较严重，但他们都没有退缩，他们都是勇敢的、不服输的孩子。迪格雷费力地推开了挂钩，门终于开了。前方突然闪烁的白光使得他们一时之间睁不开眼睛。然后他们震惊地看到，他们所寻找到的，不是一个废弃的阁楼，而是一间装修得非常精致的屋子。但它似乎很空，屋子里静得连针掉地上的声音都听得见。波莉此时太好奇了，她吹灭了蜡烛，踮起脚轻轻地走进了这陌生的房间，比老鼠走路还蹑手蹑脚。

这间房间设计得像个阁楼，布置得却像一间起居室。墙壁上全是架子，架子上放满了书。有烈火在炉中熊熊燃烧（你应该还记得那年夏季非常阴冷多雨）。背对着他们，面向火炉的是一把高背扶手椅。在波莉和椅子中间是一张大桌子，上面堆满了各种各样的东西，书籍、墨水瓶、钢笔、密封蜡和显微镜。但她首先

注意到的是一个鲜红色的木制托盘，上面有许多戒指。它们都是一对一对的，黄的配绿的，隔开一点距离，又是一个黄的配绿的。它们虽然比普通的戒指大不了多少，但十分引人注目，因为它们是如此明亮耀眼！它们是你能想象得到的世界上最美丽的亮晶晶的小东西，如果波莉再年幼一些，她也许会放一个在嘴里尝尝看是否是诱人的糖果。

当房间里极其安静时，你立刻就会注意到时钟的嘀嗒声。波莉现在发现，这间屋子也不是绝对安静，四周有一种非常微弱的"嗡嗡"声。假如那时已有吸尘器，波莉肯定会认为这是一台吸尘器在几间房子外或几层楼下工作发出的声音。但她听到的声音更柔和，更富音乐感，只是微弱得几乎听不见。

"好了，没人住在这里。"波莉说，她把肩膀转向迪格雷，用高于耳语的声音对他说。迪格雷走出来，眨巴着眼睛，看上去脏兮兮的，实际上波莉也是，只是她自己没有注意到。

"好什么，"他说，"这一点都不像是空房子。我们最好在主人出现之前离开。"

"你觉得那些是什么？"波莉问，手指着那些彩色戒指。

"哦，拜托！"迪格雷说，"快点儿。"

他还没来得及说完那句话，意想不到的事情就发生了。火堆前的高背椅突然移动了起来，而且升起来了，就像舞台的活动门里钻出一个哑剧中的小丑一样，安德鲁舅舅可怕的样子出现在他们面前。他们其实不是在一间空荡荡的房子里，而是在迪格雷家的房子里，恰恰就是在那个被禁止进入的书房里！两个孩子同时说："噢！"并且突然意识到他们犯了可怕的错误。他们早就应该意识到自己走得不够远。

安德鲁舅舅又高又瘦，他有一张长长的、刮得干干净净的马脸，上面点缀着一个坚挺的鼻子、一双非常明亮的眼睛和一堆蓬乱得似大拖把的灰色头发。

迪格雷此时紧闭嘴巴、耷拉着脑袋，因为此刻安德鲁舅舅看上去比平时更加令人害怕。波莉此刻并不觉得害怕，但她很快也感到了恐怖。安德鲁舅舅首先走过了房间，关上了门，并转动钥匙锁住了门。然后他转过身，用他明亮的眼睛盯着这两个孩子，笑了，露出了牙齿。"好了！"他说，"现在我的傻姐姐就不会发现你们啦！"

这一点也不像一个成年人会做的事情。此刻波莉的心早已跳到了嗓子眼，她和迪格雷开始紧张地、慢慢地撤退到他们刚开始进入的那个小门那里，但安德鲁舅舅比他们迅速多了。他一下跳到他们身后，关上门，站在他们面前。然后他搓着手，可以听见挤压指节发出的清脆的声音。他的手指修长而白皙，非常漂亮。

"我很高兴见到你们，"他说，"两个孩子正是我所想要的。"

"拜托，凯特莉先生，"波莉紧张地说，"这几乎是我的晚饭时间啦！我得回家了，你能让我们出去吗？"

"还不行。"安德鲁舅舅说，"这个大好的机会不能错过了。我一直想要两个孩子，你看，我正在进行一项伟大的实验。我把它试用在豚鼠上，似乎可行，但豚鼠不能告诉你任何东西，你无法跟它解释该如何回来。"

"看这个时间，安德鲁舅舅，"迪格雷越发害怕了，他缩着身子说，"这真的是晚饭时间了，他们很快就会来找我们的，你必须让我们出去！"

"必须？"安德鲁舅舅质疑道。

迪格雷和波莉看了彼此一眼。他们不敢再说什么，但眼神却在说"这难道不可怕吗"和"我们只好哄哄他"。

"请你让我们去吃晚饭，"波莉说，"晚饭后我们会再回来的。"

"啊，但我怎么知道你会不会这么做呢？"安德鲁露出狡猾的笑容缓缓地问道。他看上去像是突然改变了主意。

"好吧，好吧，"他说，"如果你们真的必须走，我也只能放你们离开，我不能指望两个像你们一样大的孩子，觉得跟我这个老学究谈话很有趣。"他叹了口气，继续说，"你们不知道有时我是多么孤独，但无论怎么样，你们快去吃晚餐吧。但是在你们走之前，我必须给你们一件礼物。我并不是每一天都这么幸运，能在旧书房里看到一个小女孩，尤其是这样一位非常有吸引力的年轻女士。如果我可以这样说的话。"

波莉开始觉得他可能不是真的疯了。

"你喜不喜欢戒指，亲爱的？"安德鲁舅舅问波莉。

"你是指那些黄色和绿色的戒指吗？"波莉问，"它们多么可爱啊！"

"不是绿色的。"安德鲁舅舅说，"恐怕我不能给你绿色的了，但我很高兴能给你一个黄色的。快过来试一试吧。"

波莉现在已经完全不害怕了，并且肯定这位老先生没有疯，那些闪亮的戒指一定有些什么特别的吸引力。她快步走到托盘那里。

"哦，我知道了，"她说，"那'嗡嗡嗡'的噪音在这儿变得更大了，就像是这些戒指发出来的。"

"亲爱的，多么有趣的幻想啊！"安德鲁舅舅笑着说。这笑声听起来很自然，但迪格雷在他脸上还看见了一种急迫、贪婪的神情。

"波莉！不要做一个傻瓜！"他大声地叫喊道，"不要碰它们！"但为时已晚。正在他说话的时候，波莉的手已经伸出去摸那些圆环戒指了。突然间，没有任何闪光，也没有任何声音，波莉就这样消失了，房间里只剩下迪格雷和他的舅舅。

第二章
迪格雷和他的安德鲁舅舅

　　这是如此突然，比迪格雷噩梦中的东西还要可怕，以至于他惊恐地睁大了双眼并发出了一声尖叫。安德鲁舅舅立刻冲上前去用手捂住了他的嘴巴。

　　"不要再叫喊了！"他扯住迪格雷的耳朵，"如果你再叫唤，你母亲会听到的，你知道，这对她来说，是多么大的惊吓。"

　　就像迪格雷事后说的那样，刚开始看到的时候真的很恐怖。当然他没有再尖叫了。

　　"现在好点了？"安德鲁舅舅说，"也许你控制不住，当你第一次看到有人消失，的确是一次冲击。为什么呢？因为那天晚上我看见豚鼠突然消失，也吓了一跳。"

　　"那是你在大叫？"迪格雷问道。

　　"哦，这么说你都听见啦？我希望你没有一直监视我。"

　　"不，我没有。"迪格雷气愤地说，"可是，波莉怎么了？"

　　"我亲爱的孩子，快点恭喜我。"安德鲁舅舅搓着手，笑嘻嘻地说道，"我的实验终于成功啦！小女孩不见了，消失了，离开了这个世界。"

"你对她做了什么？"

"把她送到了另外一个地方。"

"这是什么意思？"迪格雷问。

安德鲁舅舅坐了下来，说："好吧，我会告诉你所有的一切。你听说过老太太莱菲吗？"

"她是姑奶奶还是什么远房亲戚？"迪格雷问。

"不完全是。"安德鲁舅舅说，"她是我的教母，墙上那张照片里的人就是她。"

迪格雷抬头望去，只见一张褪色的老照片，里面有一个老女人。他现在记起来了，他曾经在乡间一个老抽屉里看到过同样的照片。他问母亲那是谁，但母亲似乎不想谈论这个话题。那张脸看起来一点也不友善，仿佛在恶狠狠地盯着你。迪格雷想，就算看到那些早期的照片，人们还是很难辨认出她。

"她到底有没有精神问题，安德鲁舅舅？"他问。

"嗯，"安德鲁舅舅笑着说，"这取决于你对精神问题的定义，人们的思想是十分狭隘的。她晚年确实变得非常奇怪，做了一些很不明智的事情，这就是她被关起来的原因。"

"你是指把她关在疯人院里？"

"哦，不，不，不，"安德鲁舅舅震惊地说，"不是那样的，只是监禁起来了。"

"怎么了，她做了什么错事？"迪格雷说。

"啊，可怜的女人，"安德鲁舅舅说，"她非常不明智，做了许多不一般的事，我们不必再详谈了。但她对我总是很友好。"

"可是，这一切跟波莉有什么关系？我希望你能……"

"慢慢来，我的好孩子。"安德鲁舅舅说，"在老太太莱菲死之前，他们把她放了出来。只有极少数人能在她最后病重时看望她，很幸运我是其中之一。她不喜欢平凡而又无知的人，你明白，我也不喜欢那样的人。她和我还有着共同的爱好，在她去世前几天，她叫我去她房间打开一张写字台上的一个秘密的抽屉，把里面的一个小盒子拿给她。当我拿起盒子时，手指的刺痛告诉我，手中的盒子一定有什么神奇的秘密。随后她把盒子递给我，让我承诺，一旦她死去，我便会烧了这未开封的、神秘的盒子。我却没有遵守这个承诺。"

"好吧，你太坏了！"迪格雷说。

"坏？"安德鲁舅舅用疑惑的目光盯着他。

"哦，我明白你的意思，小孩子应该信守承诺。确实是这样，这才是最正确和最恰当的做法，我很高兴你已经知道了这一点。但是你必须了解，那种规则，无论对小男孩、仆人、女人甚至是所有普通人来说都是完美的，但你不可能指望它也适用于所有有思想的学者、伟大的思想家和圣人。迪格雷，像我这样的男人，拥有深藏不露的智慧，是不会受一般原则约束的，就像我们从不享受那些普通人视为乐趣的东西。我的孩子，我们拥有崇高而孤独的命运！"

他一边说着，一边叹着气，看起来十分严肃、高贵和神秘。有那么一会儿迪格雷真的以为他在说什么美好的事情，但随后想起了波莉消失前他丑陋的样子，他马上看穿了安德鲁舅舅。

"他的意思，"迪格雷自言自语道，"就是认为他可以做任何他喜欢做的事情，不择手段地得到任何他想要的事物？"

"当然了，"安德鲁舅舅说，"在很长一段时间里我都不敢

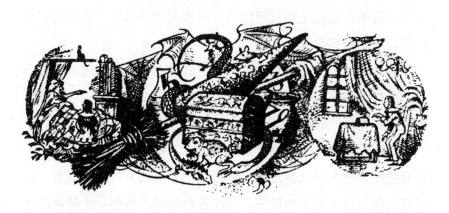

打开那个箱子，因为我知道里面可能有一些非常危险的东西。我的教母可是一个非常了不起的女人，事实上她是这个国家仅存的几个伟人了，她身上流着仙女的血液（她说在她那个时候还有另外两个跟她一样的人，一个是公爵夫人，另一个是打杂的人）。事实上，迪格雷，现在跟你讲话的，可能是仙女教母的最后一名教子！当你老了的时候，这件事情值得你回忆！"

"我敢打赌，她是一个坏仙女！"迪格雷想，并大声地叫了出来，"但你还没有告诉我，波莉现在怎么样了？"

"你这个死脑筋，怎么总抓住这个事情不放！"安德鲁舅舅说，"就像这才是最要紧的事情！我的第一个任务是研究这个箱子，它非常古老，而且那时我就知道那个盒子不是希腊的、古埃及的、巴比伦的、赫梯的或者中国的。那绝不可能是这些国家的！"

啊！那是一个多么重要的日子，我终于发现了盒子的真相！盒子是亚特兰蒂斯的！它来自亚特兰蒂斯的失落之岛！这意味着它比在欧洲挖掘出的石器时代的古董还要再早几百年，而且它很精致。亚特兰蒂斯在创始之初就已经是一座伟大的城市了，那里有很多宫殿、庙宇和智者。"

他停顿了一会儿，仿佛希望迪格雷说点什么。但这么久过去了，迪格雷越来越不喜欢他的舅舅，所以什么也没说。他只是漠然地站在那里一动不动。

"同时，"安德鲁舅舅继续说道，"我用其他方式学到了很多有关魔术的东西（但跟孩子解释是不适宜的）。这意味着，我可以去探知这个盒子的秘密。通过各种测试，我缩小了猜测的范围，但为了得出最终的结论，我不得不去了解一些邪恶的怪人，并经历一些非常不愉快的事情，正是这些事情把我的头发变成了灰色。一个人不能什么都不付出就成为魔法师。最后我的身体垮了，但我得到了更好的回报。最后我才知道……"

虽然并没有人在偷听他们的谈话，但他依旧俯身向前，在迪格雷耳边低声继续说道：

"亚特兰蒂斯宝盒中有来自另一个世界的东西，而那时我们的世界才混沌初开。"

"什么？"迪格雷惊问道，他现在对这个非常感兴趣。

"只有灰尘，"安德鲁舅舅说，"细腻的、干燥的灰尘，没什么看头。我付出了一辈子的辛劳，却没有什么可以展示给你看的，你可能会发出失望的叹息！但是当我看着那些尘土（我很愉快地照顾它们，但从来没有触碰过它们）时，觉得每粒尘埃都曾经在另一个世界待过。我的意思不是指另一个星球，要知道，它们也是我们这个世界的一部分。如果你走得足够远，你也可以得到它们，但它们存在的地方确实是另一个世界、另一种自然、另一个宇宙，一个你永远也达不到的地方。即使你通过太空旅行在宇宙里找很久很久也找不到，除非你通过魔法进入那个世界！"这时候安德鲁舅舅搓了搓手，他的手指关节像烟花一样发出"噼里啪啦"的声音。

"可是，"他接着说，"如果找到正确的方法，灰尘会吸引你回到它原来的地方。但正确的方法很难找。我前面的实验都失败了。我在豚鼠上做实验，它们中的一些死去了，一些像小炸弹一样爆炸了。"

"实在是太残酷了。"迪格雷曾经也有一只属于自己的豚鼠。

"你为什么总是跑题呢！"安德鲁舅舅感叹道，"这就是这些生物的用途，我亲自去买的。让我想想，我们谈到哪儿啦？哦，对了，最后我成功地制造出了那些戒指，那些黄色的戒指，但现在有一个新的问题出现了。我敢肯定一个黄色的戒指会把任何接触它的生物送到另外一个地方，但如果我不能让他们回来告诉我，他们在那里找到了什么，对我又有什么好处呢？"

"那些被你送到另外一个世界的生物发生了什么事情？"迪格雷好奇地问道，"如果他们不能回来，真的是一团糟呀！"

"你总是从错误的观点出发来看待一切事物。"安德鲁舅舅一脸不耐烦地说，"你能不能明白这个事情是一项伟大的实验？

把人送到其他地方的出发点是，我想要知道另一个世界是什么样子的。"

"好了，那为什么你不自己去？"

迪格雷几乎从没见过任何人如此惊讶和生气，直到看到他的舅舅在这个简单问题上的回应。"我？我？"他感叹道，"这孩子一定是疯了！像我这样正值壮年、身体健康的人，竟然冒险去往另一个不同的世界？我从来没有听说过如此荒谬的事情！你意识到你在说什么吗？想想看另一个世界到底意味着什么，你任何事物都可能会遇到！"

"我想你已经把波莉送到另外一个世界了。"迪格雷说，他的脸上满是愤怒的火焰，他生气极了！"我只能说，"他补充道，"即使你是我的舅舅，但我必须说你表现得像个懦夫，竟然把一个女孩送到你自己都害怕去的地方。"

"闭嘴！"安德鲁舅舅说，他把手放在桌子上，"你这个肮脏的小毛孩子不能这么跟我讲话！你不明白，我是伟大的学者和魔法师，我需要试验品或者体验者做实验。接下来你是不是要告诉我，在我把豚鼠送到另一个世界之前，也应该取得豚鼠的许可！大智慧是需要有牺牲的，但让我自己去的想法真是太荒谬了。这就像要求将军像普通士兵一样冲锋陷阵。假如我被打死了，我一生的工作又将会变成什么样子呢？"

"哦，千万别再唠叨了。"迪格雷无可奈何地摇着头说，"你要带波莉回来吗？"

"当你这样粗暴地打断我时，我正准备告诉你这件事，"安德鲁舅舅说，"我最后发现回程的办法了，绿色的戒指会把你吸回来的。"

"但波莉没有拿那个绿色的戒指！"迪格雷气得跳脚。

"是的，她没有。"安德鲁舅舅残酷地笑道。

"那她就不能回来了！"迪格雷喊道，"这跟你谋杀她是一样的，你是杀人凶手！"

"她可以回来。"安德鲁舅舅狞（níng）笑着说，"如果有人能够尾随她，带着黄色戒指，再带上两个绿色戒指，一个让自己回来，另一个可以把她带回来。"

现在迪格雷终于明白了舅舅设置的陷阱，他盯着安德鲁舅舅，一言不发，像青蛙一样大张着嘴，脸颊苍白。

"我希望，"安德鲁舅舅用非常高而响亮的声音说道，就好像他是一个完美的舅舅，给了外甥一些可观的小费和很好的意见，"我希望你不会退缩。如果我们家的任何人都没有足够的荣誉感和骑士精神去援助遇难的女士，那是多么遗憾啊！"

"哦！闭嘴！"迪格雷说，"如果你有任何荣誉感和其他的精神，你会自己去而不是胆小得让别人做替罪羔羊！但我知道你不会去，我明白了，只能我去了！但你是一只野兽，你策划了整个事情，这样她莫名其妙地就去了另一个世界而不自知，而我只能跟着她去了。你这算盘打得可真好，我亲爱的舅舅！"

"当然。"安德鲁舅舅邪恶地笑着。

"很好，我会去的！但有一件事我要挑明，直到今天我也不相信魔法，现在我却发现它是真实的。那么如果真是这样，我想那些古老的童话故事或多或少都是真实的，你简直就像是那些故事里最邪恶、最残忍的魔法师！哦，或者你就是那个骗白雪公主咬了毒苹果的可恶的巫婆后母！嗯，我读过的所有故事中，那些坏魔法师最后没有不付出代价的。我敢打赌你会付出代价的！这也是合理的！"

迪格雷讲了那么多话，唯有这句在理。安德鲁舅舅受到了惊吓，感到害怕。虽然他是野兽，但看到他可怜的表情，你几乎也要为他感到难过。但一秒钟后，他稳了稳情绪，勉强挤出笑容道："好了好了，我想孩子这样想是很自然的，特别是从小由一群女人抚养长大的你。这些是那些家庭主妇给你讲的故事吧？

嗯，我认为你没必要担心我的安危，迪格雷。你的好朋友已经走了一段时间了，你是不是很担心她的安全？如果那里有任何危险，你太迟到达可就会有遗憾了。"

"你关心的事情倒是很多啊。"迪格雷狠狠地说道，"但我讨厌你的这副嘴脸，我该怎么做？"

"你真的要学会控制你的脾气，我的孩子！"安德鲁舅舅冷冷地说，"否则，你长大了就会像你的莱特阿姨一样！现在，听我说。"他站起身来，戴上一副手套，并走到了放着戒指的托盘边，"这些戒指只在接触皮肤之后才能起作用，"他说，"戴着手套，我可以拾起它们，这样就没有任何反应。如果你把它放在口袋里，什么都不会发生。当然你必须要小心，不要无意间把你的手放到你的口袋里，当你触摸到黄色戒指时，你将在这个世界上消失。如果你已经到了另外一个地方，我期待，当然这暂时还未被证实，但我期待。当你触碰绿色戒指时，你将从另一个世界消失，并重新回到这个世界。现在我把这两个绿色戒指放到你的右边口袋里。你要非常仔细地记得这件事情，G 代表绿色，R 代表右边，GR 是绿色的两个首字母。一个是给你的，一个是给小女孩的。现在你拿起一个黄色的，我应该把它戴在你的手指上，这样它就不会滑落在地上。"

迪格雷快要拿起黄色戒指时，突然想到了另外一件事情。

"那，"他说，"那妈妈呢？如果她问我去了哪里，怎么办？"

"你走得越早，也会回来得越早。"安德鲁舅舅高兴地说。

"但是，你不确定我是否可以回来。"

安德鲁舅舅耸了耸肩膀，向门口走去，解开锁，打开门，说："哦，那么，就按你的心意，下楼去吃晚饭吧。任凭那个小女孩在另一个世界被野兽吃掉、淹死、饿死或者永远消失！如果这正是你想要的！也许在下午茶之前你最好拜访一下普拉默夫人，并跟她解释说，她永远也不会再见到她的女儿，而这是因为你害怕戴上戒指！"

"我多么希望我有一副大块头，这样我会打爆你的头！你这个可恶的疯子！"迪格雷咬牙切齿道。

然后，他穿上外套，深吸了一口气，拿起了戒指。那时他想，他事后也一直那么想，没有什么事情比眼前这件事情更正义了！

第三章
两个世界之间的树林

　　安德鲁舅舅和他的书房瞬间消失了。在一段时间内一切都变得异常混乱。接下来迪格雷只知道，有一道柔和的绿光照在头上，他身下却是无尽的黑暗。他似乎并没有站着，也没有坐着或卧在任何东西上。"我相信我是在水中，"迪格雷说，"或者水下。"这可吓坏了他，但几乎同时，他感觉到他的身体在向上直冲，然后头伸到了空气中，他发现自己上了岸，趴在水池边的光滑草地上。

　　当他站起来时，发现身上既没有滴水，自己也没有喘粗气，完全不像一般人在水下待过后的

反应。他的衣服完全是干的。他站在一个小水池的边缘，水池不足十英尺①宽，在一片树林中间。树木长得很茂密，迪格雷甚至很难透过树叶望见天空，只能看到透射进来的绿光。绿光十分明亮，而且使人感觉很温暖。这是你所能想象得到的最安静的树林，没有鸟，没有昆虫，也没有风，你几乎可以感受到树木的生长。他刚刚离开的水池不是唯一的池子，另外还有很多池子，每个水池都相隔不远。如果凝神去感受，你可以感受到那些树木正从水池的底部吸水喝。所以，这片树林充满了生机。事后当迪格雷形容这幅景象时，他总是说："这是一个富饶的地方，就像梅子蛋糕一样丰富！"

最奇怪的是，在他四下张望之前，迪格雷几乎忘了他是如何来到这里的。无论如何，此刻他肯定没有想到波莉或安德鲁舅舅，甚至他的母亲。他这时一点也谈不上害怕、兴奋或者好奇。如果有人问他："你从哪儿来？"他可能会说："我一直都在这里啊。"现在，他就是这个感觉，就像他一直都待在这个地方，从来没有感到过厌倦，尽管到目前为止什么事情都还没发生。正如他事后所说："这不是发生事情的地方。只有树木一直在生长，仅此而已。"

迪格雷观察了这片树林一段时间后，发现有个小女孩躺在离他几米远的树根上。她的眼睛半睁半闭着，仿佛在半梦半醒之间。他盯着她看了很久，一句话也没有说。最后她终于睁开了眼睛，看了他很长一段时间，她也没说什么。随后她开口说话，声音听起来有一种梦幻般的感觉。

---

① 英尺：英制长度单位，1 英尺约 0.3 米。

"我想我以前见过你。"她说。

"我也是这么认为的。"迪格雷说，"你过来很久啦？"

"哦，我一直在这儿，"女孩说，"已经待了很长时间啦。"

"我也是。"迪格雷说。

"不，你没有。"她说，"我看到你刚从池子中出来。"

"是的，我想是那样的。"迪格雷不解地说道，"我都忘了。"

然后在相当长的时间里两人又都不讲话了。

"看这里。"女孩说，"我怀疑我们之前是否真的见过彼此。我的脑海中隐约有一些景象，关于一个男孩和一个女孩，他们像我们这样，生活在一个完全不同的地方，做着各种各样的事情，也许这只是一个梦。"

"我也有同样的梦，我想，"迪格雷说，"关于一个男孩和一个女孩，他们是邻居，他们一起爬木板，我还记得女孩的脸有些脏。"

"你是不是记错了？在我的梦里，男孩的脸才脏。"

"我不记得那男孩的脸。"迪格雷说，然后他像是发现了什么，补充说，"喂，那是什么？"

"喂什么！那是一只豚鼠！"女孩说。那是一只胖胖的豚鼠，在草丛中嗅来嗅去，但豚鼠背上有一

块胶带，上面绑着一个明亮的黄色戒指。

"你看！你看！"迪格雷喊道，"戒指！看！你的手指上也有，我也有。这是怎么回事呢？"

女孩现在坐了起来，对这个戒指非常感兴趣。他们盯着彼此看，试图记起什么。然后，几乎同时，她喊出了"凯特莉先生"，而他喊出了"安德鲁舅舅"，现在他们终于知道自己是谁了，并记起了整个故事。几分钟后他们理清了思绪，迪格雷跟波莉解释安德鲁舅舅是怎样的一只禽兽。

"现在我们该做什么？"波莉问，"带豚鼠回家？"

"不用着急。"迪格雷打了一个大哈欠，他有点犯困了。

"我认为，"波莉说，"这个地方太安静了，而且又太过梦幻，如果我们一旦屈服而躺下，也许将会迷迷糊糊地睡到永远。"

"这里非常好。"迪格雷说。

"是的。"波莉说。

"但我们得回去。"她站了起来，谨慎地走向豚鼠，但后来她改变了主意。

"也许我们不妨就把豚鼠放在这儿。"她说，"豚鼠待在这里会很幸福的，如果我们把它带回家，你舅舅只会对它做一些可怕的事情。"

"我敢打赌，他会的，"迪格雷回答道，"看他对待我们的方式就知道了。顺便说一句，我们应该怎么回家呢？"

"我猜是回到水池里。"

他们来到了水池边，俯视着清澈的池水。水池中全是绿色的倒影，茂密的树枝使得池子看起来非常深。

"我们没有任何用于游泳的东西。"波莉说。

"我们不需要它们，傻瓜。"迪格雷说，"你不记得我们上来的时候，虽然穿着衣服，可身上却没有湿吗？"

"你会游泳吗？"

"不太会，你呢？"

"嗯，我也不太会。"

"我不认为我们需要游泳。"迪格雷说，"我们想要下去，不是吗？"

他们都不喜欢跳进水池的这个想法，但谁也没有这么说。他们举起手说："1——2——3——跳。"水池里溅起了很大的水花，当然他们闭上了眼睛。但当他们再次睁开眼睛时，他们竟然发现自己仍然在绿色的树林里手拉着手站立着，水还不及他们的脚踝。水池显然只有几英寸①深。他们只得又回到了干燥的地面上。

"问题到底在哪里呢？"波莉害怕地说道，但并不完全是你所想象的那种害怕，因为在那片树林里很难感受到真正的害怕。这个地方实在是太安静太温暖了。

"噢，我知道了，"迪格雷恍然大悟，"这当然是行不通的。我们仍然戴着黄色戒指，就是它们把我们送到这儿来的！你知道的，绿色的才能送我们回家。我们必须改变戒指。你有口袋吗？把你的黄色戒指放在你的左口袋。我有两个绿色戒指，这个给你。"

---

① 英寸：英制长度单位，1英寸约2.54厘米。

他们戴上了绿色戒指，回到池中。但他们尝试再跳的时候，迪格雷发出一声长长的感叹："哦——哦！"

"什么事？"波莉问。

"我刚刚有了一个非常美妙的想法，"迪格雷说，"其他的水池是什么样的呢？"

"你什么意思？"

"想想看，如果我们跳进这个水池，可以回到我们自己的世界。那如果我们跳进了别的水池呢？我们可能会去了别的地方。假设每个池底都有一个不同的世界。那么我们不是可以去很多世界了吗？"

"但我认为，我们已经在安德鲁舅舅所谓的其他世界或其他地方，你不也是这样说的吗？"

"哦，不要想安德鲁舅舅啦。"迪格雷打断她，"我不相信他知道所有事情，他自己从未有勇气来这里，他只是说有另一个世界，但假设有几十个呢？"

"你的意思是，这片树林可能只是其中之一吗？"

"不，我不相信这树林便是一个世界。我认为这只是一个中间存在的地方。"

波莉疑惑地看着他。"难道你还不明白吗？"迪格雷说，"不，你想，想想家里阁楼里的通道，它不算任何房子中的一间。在某种程度上，它不是任何房子的一部分。但一旦你在隧道中，慢慢穿过它，你可以进入那排房子中的任何一间。有没有可能这片树林也是一样的？一个地方不属于任何世界，但一旦你找到这个地方，你就可以进入任何世界的任何地方。"

"好吧，即使你能。"波莉说道，但迪格雷继续讲话，犹如他没有听见她说的话一样。

"当然，这解释了一切，"他说，"这就是为什么这片树林如此安静，并让人昏昏欲睡。这儿什么事也没发生，就像在家里一样。人们通常在房间里聊天、做事和吃饭，中间地带、墙壁后面、天花板上以及地板下都不会发生什么事情，或者在我们的通道里。但是当走出通道，你会发现自己有可能在任何房子里。我想如果可以走出这片树林，我们就能到达世界上的任何地方！我们不需要跳回同一个水池中，或者说不是现在。"

"世界之间的树林，"波莉有些兴奋地说道，"这听起来相当不错！"

"来吧，"迪格雷说，"我们应该试试哪个水池呢？"

"看这里，"波莉说，"我不会去尝试任何新的水池，直到我们已经确信，可以通过旧的水池回到原来的世界。我们甚至不知道这是否可行呢。"

"是的，"迪格雷说，"在还没有玩耍之前，就被安德鲁舅舅抓住，并拿走我们的戒指，我可不想这样的事情发生在我身上。我还没有玩够，也还没有开始我们的冒险呢！"

"难道我们不能只进入部分水池？"波莉说，"只是为了看看它是否可行。如果成功的话，我们将更换戒指，再次出现在树林里，在我们真的回到凯特莉先生的书房之前。"

"我们能只走一部分吗？"

"嗯,这需要计算时间,我想我们只需要一丁点时间返回。"

迪格雷好不容易才同意这项决定,他最后赞成这样做是因为波莉怎么都不肯探索新的世界,除非她肯定能回到旧的世界。在一些危险的境况下她跟他一样勇敢,比如遇到黄蜂的时候。但她对挖掘前人从没有听说过的事情一点都不感兴趣,而迪格雷却想要知道一切,等他长大后,他想成为像书中的柯克教授那样著名的人。

经过一番激烈的争论之后,他们戴上了绿色的戒指("绿色代表安全,"迪格雷说,"所以你很容易就记住哪个是哪个。"),抓住对方的手,他们再一次喊出"1——2——3——跳"。这一次,他们成功了。很难告诉你这是什么感觉,一切都发生得太快了。刚开始黑色的天空中还有亮光移动,迪格雷一直认为那些都是星星,甚至发誓说他看到了木星,因为距离近得足以看到木星的光芒了。但几乎同时在他们周围出现了一排排的屋顶和烟囱,他们可以看到圣保罗教堂,他们知道现在看到的是伦敦。还可以看穿所有房子的墙壁,接着他们看到了安德鲁舅舅,非常模糊和朦胧,然后慢慢地变得更清晰,就好像他在聚精会神关注着某样东西。但当一切都变得非常真实的时候,波莉喊了"改变",他们就更换了戒指。他们的世界顿时像梦一样消失了,而头顶上的绿光越来越强,直到他们的头伸出水池,重新爬上了岸。他们的周围仍是那片树林,像之前一样充满了绿色和光明,整个过程用了不到一分钟的时间。

"好了!"迪格雷说,"这是正常的,至于冒险,任何水池都行。来吧，我们试试那个。"他都有点迫不及待了。

"打住！"波莉说，"我们难道不要先给这个水池做个标记吗？"

他们盯着对方，当意识到迪格雷刚刚打算做的事情时，波莉的脸色霎时变得惨白。因为这片树林有数不清的水池，并且所有的水池都长得一样，树木也都是一样的，所以如果他们一旦离开回到自己世界的水池，而不做任何标记的话，他们只有百分之一的概率能再找到它。这是多么恐怖的事情啊！

迪格雷的手在颤抖，显然他也意识到刚刚他的急切是多么不明智。然后他打开小刀，在池边切了一长条草皮。土壤闻起来味道不错，颜色是红棕色的，与绿色的草坪形成了鲜明的对比。"这是一件好事，我们其中一个还有一点理智。"波莉说。

"好了，不要计较了。"迪格雷说，"走吧，我想看看别的水池有什么。"波莉尖刻地回答了他，他说了一些更难听的话。争吵持续了几分钟，但把这一切都写下来会显得很无聊。让我们跳过这一段。他们站在了一个未知的水池边，戴着黄色戒指，心怦怦直跳，脸上满是害怕的表情，再次手牵着手，一起喊道："1——2——3——跳！"

水花飞溅！他们这次也没有成功。这个水池似乎也只是一个水坑，不能让人到达新的世界！今天他们的脚第二次被淋湿了，池水溅在了他们的腿上（如果这是一个早晨，那么这儿的时间好似停止了）。

"真烦！"迪格雷惊呼道，"到底出了什么错呢？我们已经把黄色戒指戴好了。他说过，黄色是通往外界的。"

现在的事实是，安德鲁舅舅，一点也不知道世界之间的这片树林，对这些戒指的观念也是错误的。黄的不是"出去"，绿的也不是"归来"，至少不是他所想的那样。制造戒指的物质均来自这片树林，黄色戒指中的物质吸引你回到树林，它是想回到原地的物质，即世界之间的这片树林。而绿色戒指中的物质却试图摆脱树林，所以绿色戒指能带你离开树林。由此可以看出，他并没有真正理解他所研究的物质，大多数魔法师都是这样。当然迪格雷也没有彻底意识到真相，直到迟些时候。但是当他们谈论这件事情时，他们决定在新的水池边尝试绿色戒指，只是为了看看将会发生什么事情。

"如果你参加游戏，我也参加。"波莉说。但她这样说的真正意图是因为，在她内心深处，她很肯定无论哪个戒指在新水池边都不会起任何作用，所以不会有什么更糟糕的事情发生，只不过是水波再飞溅一次。我不太确定迪格雷是否有同样的感觉。无论如何，当他们俩戴上绿色戒指，回到水池边时，他们再次牵着手，他们此时就像在玩游戏一样非常开心，不再像第一次时那么严肃。

"1——2——3——跳！"迪格雷喊道。

第四章

钟楼和锤子

这次魔法终于起作用了。他们一直向下冲，穿过了无尽的黑暗后，又通过了一大片模糊和旋转的东西。周围慢慢变亮了，突然间他们感觉自己似乎站在一个坚实的物体上。片刻之后一切都变得清楚了，他们终于能够看到周围的事物了。

"多么奇怪的地方啊！"迪格雷说。

"我不喜欢它。"波莉不寒而栗地说道。

他们首先注意到的是光。它不像日光，也不像灯光、灯笼光、烛光或任何他们见过的光源，而是一种沉闷的、红色的光，一点也不让人觉得高兴。光线凝固着，一点也不闪烁。他们站在一个平面上，周围是高耸的建筑物。头顶上没有屋顶，显然他们是在庭院中。天空格外黑，蓝色看上去几乎也像是黑色的。当你看着天空，你会疑惑是不是一点光线都没有。

"这里的天气非常有趣，"迪格雷说，"我怀疑我们正好赶上一场雷雨或者月食。"

"我一点也不喜欢。"波莉再次说道。

他们两个都不太清楚为什么他们一直都在小声说话；也不知

道为什么在跳下水池后，他们仍然牵着手，现在依然那样牵着。

庭院的墙壁很高，墙壁上有许多大窗户，可窗户上都没有玻璃，你什么都看不见，只有望不穿的黑暗。下面有很大的拱形支撑柱，邪恶地张开着，像是铁路隧道的入口，里面黑黝黝的，一阵阵冷风迎面扑来。

建造一切建筑物的石头似乎都是红色的，但很有可能是那红光的原因。显然它是很古老的。平铺在院中的大石头都有裂缝，石板没有完全紧贴在一起，尖角全部都被磨掉了。其中一个拱形门廊有一半已经变成了废墟。这两个孩子不断转着身子，睁大眼睛目不转睛地观察院子的四周。其中一个原因是他们害怕有什么人或者什么事物会在他们不知道的黑暗角落里，透过窗户监视他们。总之，他们认为这里是既危险又刺激的未知领域，得小心为上。

"你认为有人住在这里吗？"迪格雷最后悄悄地问。

"不，"波莉说，"这是一个废墟，自从我们来了之后，还没有听到一点声音。"

"让我们站在原地，再仔细听一下。"迪格雷建议道。

他们站着不动，倾听着，但他们所能听到的只是自己"扑通扑通"的心跳声。这个地方一点也不像世界之间的那片树林那种宁静，它是一种异样的安静。树林的安静是安逸和温暖的（你几乎可以听到树木生长的声音），充满了生命；而这里则是一种死去的、冷酷的、空洞的沉寂，你几乎感觉不到这里有生命在成长。

"我们回家吧。"波莉紧张地扯了下迪格雷的手说。

"但我们还没有看到任何东西呢。"迪格雷说，"既然现在我们已经在这里了，还是四处看看吧！"

"我敢肯定这里没有什么好玩的。"波莉打退堂鼓了，想赶快逃离这里。

"当神奇的戒指把你带进另一个世界，你却害怕去看看周围的事物，那这个魔法戒指还有什么意义？"

"谁说害怕了？"波莉立刻反驳，同时松开了迪格雷的手。

"我只是感觉你似乎并不十分热衷于探索这个地方。"

"你去哪儿，我就去哪儿。"

"我们先摘掉绿色戒指，把它放在右手边的口袋里。我们必须要记住，黄色戒指是在我们的左边口袋里，只要你喜欢，你可以把手靠近你的口袋，但不要把手放在里面，否则不小心触碰到黄色戒指会立刻消失。"迪格雷说，"等到我们想离开的时候，我们就可以离开。"

他们这样做之后，悄悄地走到了一个大的拱形门廊前。当站在门槛上，并向里面张望时，他们看到里面也不完全是他们刚开始想的那样漆黑一片。拱门一直通向一个巨大的、阴暗的、似乎是空着的大厅，但在远处有一排支柱，它们之间镶嵌着拱形门，有一些疲惫的光透过那些拱形门。他们穿过大厅，走得很小心，生怕地板中有孔或者隐藏着什么会使他们绊倒在地上。这似乎是一段很漫长的路程。当到达另一端时，他们走出拱门，却发现自己在另一个更大的庭院中。

"这里看起来并不安全。"波莉看了看周围说。她指着一面似乎随时都可能倒向院中的凸出的墙。有一处地方缺了一根柱子，柱顶原来所在的部位只留下一点儿残迹，毫无支撑地悬在空中。很显然这个地方已经荒废数百年，甚至数千年了。

　　"既然它能一直保存到现在，我想它还会坚持更长时间，"

迪格雷说，"但是我们必须要非常安静，你知道有时噪音会让建筑物坍塌，就像阿尔卑斯山的雪崩。"

他们从那个庭院走到另一个入口，爬过很多台阶，经过许多连通着的大房间，直到被这地方弄得有些眩晕。他们不时地想，可能就要走到户外，可以看看这个巨大的宫殿之外是什么样的了，但每次只是进入了另一个庭院。当人们仍然生活在这里时，这里一定是一个精彩绝伦的好地方！其中一个大厅还有一个喷泉——一个巨大的石头怪物，张开翅膀，张着嘴，立在喷泉池中间，你仍然可以看到怪物嘴后面的管道——以前水是从那里流出来的。下面是一个大大的石盆，用来承接喷泉喷出的水，但现在它看起来就像干枯的骨头。在其他地方有某种缠住支柱的攀爬植物的干枯枝干，但它们早就死了。在这片废墟中，没有蚂蚁、蜘蛛或任何其他有生命的物体，破碎的石板之间裸露的干土也没有野草和苔藓。这里就像是一个被神所抛弃的虚无世界！

一切都是那么沉闷，几乎所有的大厅都是这样的。连迪格雷都在想，他们最好戴上黄色戒指，回到那温暖、绿色、生机勃勃的树林。当他们来到两扇巨大的好像是黄金做的大门前时，发现其中一扇门虚掩着。走进去后，两人都被惊得退了回来，深深地吸了一口气，在这里总算发现了一些值得看的事物。

有那么一会儿，他们认为房间里挤满了人，成百上千的人，他们都坐着，一动不动。波莉和迪格雷，你可能已经猜到，他们好长一段时间站在那里一动不动，聚精会神地看着。但是目前他

们确信，他们所看到的都不是真正的人。那些人一动不动，也没有呼吸的声音，就像是你见过的最美妙的蜡像。

这一次波莉先进去了，她对这个房间的兴趣超过了迪格雷。所有人都穿着华丽的衣服，如果你确实对服装有兴趣，你会禁不住靠得更近去观察他们。这些衣服的颜色虽然并不能使这个房间看上去让人愉悦，但比起满是灰尘、空荡荡的其他房间，这间大厅有更多的窗户，也更亮一些。

这些人都穿着长袍，戴着皇冠。但我很难形容那些衣服。他们的长袍有深红色的、银灰色的、深紫色的和生机勃勃的绿色的，长袍上还有鲜花和奇兽的图案，一看全是细致的针线活儿。头上的皇冠以及脖子上的项链都点缀着大颗的稀奇宝石。尽管这个地方的所有事物都固定不动，但瑰丽宝石的光芒还是显露了出来，在这个黑暗的地方闪烁着耀眼的光彩。

"为什么过了这么久这些衣服还没有烂掉？"波莉满怀好奇

地问。

"魔法！"迪格雷低声地说，"难道你不觉得吗？我敢打赌，这整个房间一定是被魔法控制了而变成这样，进来的那一刻，我就感觉到了。"

"这里的任何一件衣服都要花费数百英镑。"波莉说。

迪格雷对这些人的面孔更感兴趣，事实上这的确值得一看。人们坐在房间两侧的石椅上，中间的地板空着。你可以走下楼梯，依次看看这些人的面孔。

"我想他们是很友善的人！"迪格雷说。

波莉点了点头。所有面孔都是和蔼可亲的，无论男女看起来都是善良和聪明的，看上去他们似乎来自英俊的民族。但当孩子们往下走了几步之后，他们看到的脸就有点不同了：这些都是非常严肃的面孔。你感觉你得注意你的言辞，如果见着的是活人的话。当再走远一点，他们看到了一些不讨喜的面孔，这差不多是在房间的中间。这些面孔看上去威严而自负，显得有点残酷。再继续往后走一点，他们看到了更加残忍的面孔。再往后，看到了一些仍然残忍，甚至是绝望的面孔，仿佛他们做了什么可怕的事情，或者正在遭受什么可怕的事情。最后遇到的人物最有趣，那是一个穿得比别人更华丽的女人，她非常高（那个房间里的任何人都比我们这个世界的人高），看起来非常凶狠、高傲，让你忍不住屏住呼吸，生怕自己的呼吸声会引起她的不快。然而她很漂亮，周围所有人都不及她美！许多年后，当迪格雷老了，他仍说再没有遇到过比她更美的女人，但波莉却总说她并没有觉得那个女人哪里特别漂亮。

这个女人，正如我所说，是最后一个人物。但在她后面有很多空椅子，仿佛房间是被用于一个更大的聚会。

"我真希望我们知道这背后的一切故事，"迪格雷说，"让我们回去看看房子中间的那张桌子。"

房间中间的那个东西并不完全是一张桌子。那其实是一个方形柱子，大约四英尺高，上面有一扇金色的拱门，中间挂着一个小金铃，旁边还有一个打铃的金色小锤子。

"我想……我想……我想……"迪格雷若有所思地说。

"这里似乎写着什么东西。"波莉惊讶地说，她蹲下来，仔细看着支柱的侧面。

"是的，"迪格雷说，"当然，但我们不认得。"

"我们真不认识吗？我不确定。"波莉说。

他们都费力地看着，像你预期的那样，石头中嵌入的字母非常奇怪。但此时一个不可思议的奇迹发生了，虽然那些奇怪字母的形状没有改变，但他们却发现自己能够理解这些字母的意思了。要是迪格雷还记得几分钟前他说的话——这是一个被施了魔法的房间——他应该猜到魔法已经起作用了。但他好奇心太重，还没有去思考这一点。他越来越渴望知道柱子上写的是什么，而且很快他们俩就知道了。柱子上是一首诗歌，是这样写的，至少大意是这样的。虽然原诗读起来更好：

做出你的选择，爱冒险的陌生人。用锤子敲响金铃，等待危险或者奇迹，直到它让你抓狂。

“当然不要！”波莉说，“我们不希望有任何危险。”

“哦，你难道不明白这是没用的吗？”迪格雷说，“我们现在摆脱不了啦。我们将一直想下去，敲了钟会发生什么事。我不愿意被这种想法纠缠得疯疯癫癫地回家。不愿意！”

“别犯傻了，”波莉说，“好像我想那样一样！发生什么事和我们有什么关系？”

“我希望历经千辛万苦跋涉而来的人，都仔细想想这个事情，直到这件事把他变得疯疯癫癫。这就是它的魔力，你看，我能感觉到它已经开始对我起作用了。”

“得了，我不这样认为，”波莉生气地说，“我不相信你敢。你只不过是装腔作势罢了。”

“这就是你所知道的，”迪格雷说，“这是因为你是一个女孩。女孩永远都不想知道任何事，除了关于某人将要订婚的八卦。”

“当你那样说话时，你看起来十分像你舅舅。”波莉生气地说。

“你为什么要转移话题呢？”迪格雷说，“我们现在正谈论的是……”

“你多么像他！”波莉用成人的口气说道，接着又用自己的语调补充说，“不要说我像一个女人，否则你将成为一个盲目的模仿者。”

“我从未想过把你这样的孩子叫作女士！”迪格雷傲慢地说。

“哦，我是个孩子，难道你不是吗？”波莉愤怒地说，“嗯，你再也不会被我这个孩子打扰了，我要走了，我已经受够了这个地方，也受够了你！你这只该死的、高傲的、固执的猪！”

"胡扯！"迪格雷用更加令人讨厌的声音吼道，因为他看到波莉的手正向她的口袋移动，她准备去抓那个黄色戒指。我不能为迪格雷接下来做的事情开脱，最多只能说，他后来感到很抱歉（其他人也是一样）。在波莉碰到她的口袋之前，迪格雷抓住了她的手腕，用背抵住她的前胸，用另一只手肘让她的另一只手臂远离口袋。迪格雷身体前倾，拿起锤子，迅速地击打了金铃。然后，他松开了她的手，他们顿时分开了，并互相盯着对方，喘着粗气。波莉想要哭，不是因为恐惧，也不是因为他弄疼了她的手腕，而是因为她此时无比愤怒，心中的愤怒之火已经熊熊燃烧了起来！但很快，他们就把争吵抛到了九霄云外，有别的事情需要去动脑筋了。

　　钟一被敲响，马上就有一个音符传出来了，这是一个甜美的音符。如你所料，它清脆但不太响亮。音符没有逐渐消失，而是继续飘扬，并且声音越来越大。还不到一分钟，音调就比之前高了一倍，就连孩子们说话时，都听不到彼此的声音（但他们没有想到要讲什么，他们只是站着，嘴巴半张着）。很快它变得更加响亮，即使他们朝对方吼，他们也不可能听到彼此的声音。而声音依旧越来越响，这个连续而甜美的音符中，显然蕴藏着可怕的东西。那间大厅中的所有空气也开始震动，他们甚至能感觉到脚底下的石头地板也在颤动。最后，音符开始与另一个声音混合，那是一个模糊的、灾难性的噪音，听起来就像是远处火车的轰鸣声，接着像是一棵将要倒下的树的咔嚓声，然后他们听到什么笨重的物体坍塌的声音。最后，突然间，一声惊雷，一股骚动，几乎甩得他们人仰马翻，房间一头大约有四分之一的屋顶跌了下来，大块大块的石头跌落到他们周围，墙壁也震裂了。最后声音终于停止了，灰尘飘散开，一切又重归宁静。

屋顶的坍塌是因为魔法，还是因为金钟发出的连墙壁都无法忍受的巨大声音，他们无从知道。

"好了！你现在该心满意足了吧！"波莉喘着气。

"嗯，无论如何这一切都结束了！"迪格雷喘了口气，小声地说。

两个人都这么想，但他们错了。

第五章
悲惨的咒语

　　孩子们面对面站着，中间是挂着铃铛的支柱，支柱仍然在颤抖着，尽管已经没有再发出任何音符。突然，在房间尽头没有坍塌的地方，传来了一个轻柔的声音。他们闪电般地转身，想看看那是什么。那个穿着长袍的人物，也就是最远的那个女人，迪格

雷认为非常漂亮的女人，正从她的椅子上站起来。当她站起来后，他们突然意识到，实际上她比他们想象的还要高。从她的皇冠、长袍以及她的眼眸和唇线上，你一眼就能看出她是一位伟大的女王。她环顾屋内，看见了坍塌的残骸，看到了这两个孩子。你无法从她的脸上猜出她是否很惊讶。她面无表情地大踏步地走上前。

"谁叫醒了我？谁打破了魔咒？"她问。

"我想那一定是我！"迪格雷说。

"你？"女王说道，并把她的一只手放在他的肩上。那是一只白皙而美丽的手，但迪格雷能感觉到，它强如钢钳。"你只是一个孩子，一个普通的孩子！任何人都可以一眼看出你没有皇室或贵族血统。你怎么敢进入这所房子？"

"我们来自另一个世界，通过魔法来到这里。"波莉说，她觉得女王此时应该也要注意到她了。

"这是真的吗？"女王说道，仍然看着迪格雷，瞟都不瞟波莉一眼。

"是的，是这样的。"迪格雷说。

女王用她的另一只手抬起了他的下巴，以便自己能更好地看到他的脸。迪格雷想用目光反抗她，但他很快垂下了眼帘。她的眼中似乎有什么东西制服了他。

在研究了他一分多钟后，她放开他的下巴，说："你不是魔法师，你身上没有魔法师的标志，你一定是魔法师的仆人，是因为有人对你施了魔法，你才来到这里！"

"魔法师是我的舅舅安德鲁。"迪格雷说。

这时，不是从房间里，而是从某个很近的地方，传来隆隆作响的声音，然后只见砖石落地，地板震动。

　　"这里很危险，"女王说，"整个宫殿正在四分五裂，如果我们不能在几分钟内走出去，我们将被废墟掩埋。"她说话的口气很平静，仿佛在跟谁聊天一样。

"来吧。"她补充道,同时向两个孩子都伸出了手。波莉不喜欢女王,并且仍在生气。如果可能的话,她绝不会让她抓住自己的手。尽管女王说得从容,但她的动作却很快。波莉还未反应过来时,她的左手已经被另一只更大、更强的手抓住,此时她也不能再反抗了。

"这是一个可怕的女人,"波莉暗想,"她轻动手腕,就能掰(bāi)断我的手臂。而现在她握着我的左手,让我都不能拿我的黄色戒指,如果我尝试用右手去摸我的左口袋,在她问我在做什么之前,我可能摸不到戒指。无论发生什么事,一定不能让她知道戒指的事情。我希望迪格雷会理智地闭嘴不谈,也希望有机会能叮嘱他一下。"

女王把他们带出大厅,进入了一条长长的走廊,然后通过迷宫似的大厅、楼梯和庭院。他们一次又一次地听到这座大宫殿的某个地方倒塌的"轰隆"声,有时离他们相当近。有次,他们刚刚走过,一个巨大的拱门就雷鸣般地砸了下来。女王步伐很快,孩子们小跑着才能跟上,但她一点也不害怕。迪格雷想:"她真是勇敢和强壮,她的确就是我心目中的女

王！我希望她会告诉我们这个地方发生的故事。"

她边走边告诉他们："这是通往地牢的门。""那扇门通向酷刑室。"或者"这是古老的宴会大厅，我的曾祖父曾在这里招待七百个贵族，在他们还没有喝完酒前就杀了他们，因为他们曾经都有过谋反的想法"。

他们最后来到了一座更高大、更宏伟的宫殿。从它的面积和远端的大木门来看，迪格雷猜测他们终于来到了主入口。这次他猜得很对。门都是漆黑的，不是乌木，而是一些不存在于我们世界的黑金属。它们由大柱子固定，大多高不可攀，而且十分沉重，无法被抬动。迪格雷现在疑惑他们将如何脱身。

女王放开了他们的手，举起了她的手臂，挺直身子，稳稳地站着。然后她说了一些他们无法理解的话（但那听起来很可怕），并做了一个动作，好像是朝门那儿扔了什么东西。那扇高而重的门颤抖了一会儿，好像它们是丝绸做的，然后瞬间就坍塌了，直到最后什么也没有留下，只在门槛上堆了些灰尘。

"嘘！"迪格雷吹起了口哨。

"你的魔法师主人——你的舅舅，像我一样强大吗？"女王问道，她再一次紧紧地抓住迪格雷的手，"不过我以后会知道的。记住你们今天看见的事。对物如此，对挡住我去路的人也是如此。"

他们还看到有更多的光投射在空旷的门口，当女王带领他们穿越时，他们并不惊讶自己已经在露天之中。吹在他们脸上的风很冷，同时有一股陈腐的味道。从高台往下望去，眼前是一大片宏伟的景观。

在地平线附近挂着一个巨大的、火红的、远远大于我们那个世界的太阳。迪格雷立刻感觉到这个太阳比我们那个世界的太阳要古老。这个太阳像是要寿终正寝一样，疲惫地照着这个世界。在太阳的左上方，有一颗星星，大而明亮。黑暗的天空中只能看见这两样东西，它们真是一个令人沮丧的组合！朝每个方向望去，只要眼睛可以看到的地方，就有一个大城市，但城市中却没有任何有生命的东西。在微弱的阳光下，所有的寺庙、高塔、宫殿、金字塔和桥梁都投射下长长的、悲哀的阴影。曾经有一条大河穿城流过，现在河流早已消失了，只剩下一条棕灰色的宽沟。

"好好看看那些你们从来都不曾看到过的景象。"女王说，"这就是禅城，一座伟大的城市，王中之王的城市，这个世界的奇迹，也许是所有世界中的奇迹。你舅舅也统治一个这么大的城市吗，小男孩？"

"不。"迪格雷说。他准备解释一下，安德鲁舅舅没有统治任何城市，但女王接着说："现在它是沉默的，但曾经，在城市热闹喧嚣时，我就站在这里。脚步声、车轮吱吱作响的声音、鞭子抽打的声音、奴隶的呻吟声、战车的轰响声和祭祀的鼓声……当战斗的号角从每条街响起，当禅河的水变成了血红色，我就站在这里。"她停顿了一下，补充说，"在那一刻，一名女子永远毁掉了这一切。"

"谁？"迪格雷低声问道，但他已经猜到了答案。

"我！"女王说，"我，杰蒂斯，最后的女王，也是世界的女王！"

两个孩子默默地站在那里，在寒风中瑟瑟发抖。

"那是我姐姐的错，"女王说，"她驱使我那样做的，愿一切权力的诅咒永远安息。那时，我随时准备讲和——只要她把王位让给我，但她不肯。她的骄傲摧毁了整个世界。即使战争开始后，我们仍然有一个庄严的承诺，任何一方都不能使用魔法。但是当她违背诺言后，我能做什么呢？傻瓜！仿佛她不知道我的魔法比她还要强！她甚至知道我也掌握了悲惨咒语的秘密！难道她认为，我总是一个弱者，我不会使用它吗？"

"那是什么？"迪格雷小声地问道。

"这是秘密中的秘密，"杰蒂斯女王说，"我们种族的国王们很早就已经知道这个秘密，只有一个字的咒语，只要在适当的仪式上讲出，就会摧毁一切有生命的东西，除了讲话的那个人。但古老的国王软弱而温情，他们约束自己以及后代，发誓永不再探究这个字的秘密。但我在一个秘密的地方学到了，并付出了惨痛的代价，我没有使用它，直到她逼得我走投无路时才使用了它。我想尽了一切办法来制服她，我的军队甚至血流成河，付出了有史以来最惨痛的代价！"

"野兽！"波莉低声咕哝着。

"最后一场伟大的决战，"女王说，"那场战争在禅城肆虐了整整三天。那三天我都站在这里往下看。我一直没有使用我的魔法，直到我的最后一名士兵倒下。那可恶的女人——我的姐姐，被她的拥戴者抬着，走在城市通往高台的台阶上。我等候着，当我们可以看清彼此的脸时，她用可怕而邪恶的眼睛盯着我，得意地说：'胜利。''是的，'我说，'胜利，但不是你的！'接着我讲了那句悲惨咒语。过了一会儿，我成了阳光下唯一有生命的生物。"

"但是那些人呢？"迪格雷喘着气问道。

"什么人，孩子？"女王问。

"所有的普通人，"波莉说，"他们从来没有伤害过你。那些妇女、儿童和动物。"

"难道你不明白吗？"女王还是对着迪格雷说，"我是女王！他们都是我的人，除了听我的话，他们的生命还有什么别的意义？"

"不管怎样，他们都太倒霉了！"迪格雷说。

"我忘了你只是一个普通的男孩。你怎么能理解这些呢？孩子，你必须懂得，对你或者对其他凡人来说错误的事，对我这样的女王来说是不称其为错的。天下的重担压在我们肩上，我们必须不受所有的规则制约！我们有崇高而孤独的使命！"

迪格雷突然想起安德鲁舅舅曾经说过完全相同的话。但当杰蒂斯女王说的时候，感觉更庄严和自负，也许是因为安德鲁舅舅不足七英尺高，也不是那么帅气。

"那你准备怎么办呢？"迪格雷说。

"我曾经对存放我祖先们雕像的那个大厅施咒，魔法使我也变得像一尊雕像沉睡在那里，不需要食物，也不需要火。沉睡一万年，直到有人敲打金铃把我叫醒。"

"是悲惨咒语使得太阳变成那样吗？"迪格雷看着天边的太阳好奇地问。

"什么样？"杰蒂斯问。

"那么大，那么红，还那么冷。"

"太阳一直都是这样，"杰蒂斯说，"至少几十万年都是如此。你的世界有一个不同的太阳吗？"

"是的，它更小、更亮，发出的热量要多得多。"

女王长长地叹了一口气："啊！"迪格雷看到她脸上饥饿和贪婪的目光，他最近也从安德鲁舅舅脸上看到过。"所以，"她说，"你们那里是一个更加年轻的世界。"

她停顿了一下，又看了一次这座废弃的城市，好像她对曾经做过的事情觉得很抱歉，很显然她没有表现出来，然后说："现在，我们走吧。这里太冷了。"

"去哪里？"两个孩子问。

"哪里？"杰蒂斯惊讶地重复着，"当然是去你们的世界。"

波莉和迪格雷面面相觑（qù），惊得目瞪口呆。波莉从一开始就不喜欢女王，迪格雷也是。现在他听了这个故事，觉得他已经非常了解她了。当然，她可不是那种你喜欢带回家的人。问题是，即使他们喜欢，他们也不知道怎么把她带回去。他们想要的只是自己离开，但是波莉无法触碰到她的戒指，当然迪格雷不能没有她就离开。迪格雷的脸变得很红，并结结巴巴地说："哦，哦，我们的世界，我不认为你想去那里。"

"如果你们来这里不是为了接我，那你们来这儿干什么？"

杰蒂斯问。

"我敢肯定你不会喜欢我们的世界，"迪格雷说，"那里不像这里，是不是，波莉？那里非常沉闷，真的不值得一看。"

"当我统治时，它就值得一看啦！"女王回答说。

"哦，但你不能，"迪格雷说，"不是这样的，你知道他们是不会让你统治的。"

女王轻蔑地笑着。"许多伟大的君王，"她说，"认为可以抵挡禅国，但都没落了，他们的名字都被遗忘了。愚蠢的男孩！以我的美丽和魔法，不到一年，你的整个世界就在我的脚下了。准备好你的咒语，立即带我回去。"

"这实在太可怕了！"迪格雷对波莉说。

"也许你害怕你的舅舅，"杰蒂斯说，"如果他对我俯首帖耳，我将保留他的王位和生命。我并不是回去跟他打架，他一定是一名非常伟大的魔法师，因为他发现了如何把你送到这儿的咒语。他是你那个世界的王，还是部分领土的王？"

"他不是国王。"迪格雷说。

"你在撒谎。"女王说，"难道魔法跟王室血统不是连在一起的吗？谁听说过老百姓是魔法师呢？不管你说不说，我都可以看到真相。你的舅舅是一名伟大的国王和魔法师，在一面魔法镜前或者一个魔法池旁，他已经看到了我美丽的脸庞，他喜欢上了我，因此他施咒语，撼动了你们那里的整个世界，让你们穿越世界之间的巨大鸿沟，来寻找我，并把我带回去。现在回答我，难道不是这么回事吗？"

"好了，完全不是这样。"迪格雷说。

　　"根本就不是这样，"波莉叫道，"从开始到结束都是胡说！"

　　"小鬼！"女王厉声喊道，她现在非常愤怒，抓住波莉头顶的头发，因为那里最疼。但是当她这样做时，她松开了两个孩子的手。"现在，"迪格雷喊道，"快！"波莉喊道。他们迅速把左手伸进口袋，甚至不需要把戒指戴上，在他们触碰到戒指的那一刻，整个沉闷的世界就从他们的眼前消失了。他们向上冲，头顶上绿色而温暖的光越来越近了。

第五章　悲惨的咒语

第六章

安德鲁舅舅的麻烦

"放手！放手！"波莉尖叫道。

"我没有碰你啊！"迪格雷回应。

紧接着他们的头伸出水池，树林里明媚的阳光再次照耀在他们身上。这时，他们感觉阳光似乎更温暖、更热烈，并且更祥和，和他们刚刚离开的那片陈腐、荒芜的地方相比，这里算得上是天堂了。我认为，如果再有一次机会，他们会再次忘记他们是谁，来自哪里，并会躺下享受阳光，半睡着，听树木的生长。但是这一次有别的东西让他们非常清醒：因为当走到草坪上之后，他们发现，他们并不是两个人。杰蒂斯女王，不，应该说杰蒂斯女巫，跟他们一起出现了，仍然紧紧地抓着波莉的头发。这就是波莉一直喊"放手！"的原因。

顺便说一下，安德鲁舅舅没有告诉迪格雷另外一件事情，因为他本人也不知道。想要在不同的世界转换，你不一定需要自己戴或接触戒指，只需碰到那个接触戒指的人。这样一来，这些戒指就像磁铁一样工作，每个人都知道，如果用一块磁铁拾一根别针，那么其他随之接触的针也会被吸上来。

杰蒂斯女巫来到树林之后，比之前更加苍白，以至于看上去都不再美丽。她弯下腰，似乎难以呼吸，仿佛这个地方的空气使她窒息。现在两个孩子一点也不怕她了。

"放开！放开我的头发！"波莉大喊，"你这是什么意思？"

"听到没有！立刻放开她的头发！"迪格雷大声说。

他们都转过身挣扎。现在他们比她更强壮，在几秒钟之内他们已经迫使她松开手。女巫跌跌撞撞地向后退，气喘吁吁，带着恐怖的眼神。

"快，迪格雷！"波莉急得跳脚说，"改变戒指，回家！"

"救命啊！救命！可怜一下我吧！"女巫微弱地哀求，在他们身后步履蹒跚，"带上我吧，你们可不能把我丢在这个可怕的地方，这会要了我的命呀！"

"你活该，"波莉鄙夷地说，"谁让你当初杀死你那个世界的所有人！迪格雷，快点！"他们已经戴上绿色戒指，但迪格雷说："哦，等一下！她应该怎么办？"他不禁觉得有点对不起女巫了。

"哦，不要这样愚蠢。"波莉说，"十有八九她是装的，不要上当了。"然后两个孩子跳入回家的水池。"幸亏我们做了标记。"波莉想。但是，当他们跳下去时，迪格雷感到他的耳朵被冰冷的手指抓住了。当他们沉下水池时，自己世界的模糊形状开始出现了，那些手指也抓得更紧了。很明显，女巫已经恢复了她的体力。迪格雷挣扎着，狂踢着，但一点也不管用。过了一会儿，他们发现自己到达了安德鲁舅舅的书房，安德鲁舅舅也在，同时一动不动地盯着迪格雷从别的世界带回来的奇妙生物。

在他凝视的时候，迪格雷和波莉也在盯着看。毫无疑问，女巫已经不再虚弱，而现在她站在我们的世界里，与她身边普通的事物相比，她不禁令他们倒吸一口凉气。在禅城她已经是足够令人震惊的了，但是在伦敦，她看上去更是高大！"几乎不是人类！"当迪格雷看着她时，是这么想的，而他也许是对的，有的人说禅族的皇家血统里有高大的基因。但是她的身高与她的美貌、凶猛和野性相比，都算不上什么。她的精力比伦敦的大多数人高十倍以上。安德鲁舅舅一边鞠躬搓手，一边看着，说实话，此时他害怕极了。他看上去像女巫身边的小虾。事后波莉说女巫和他的脸有些相似，好像是表情中蕴藏的某种东西是一样的。就是所有邪恶的魔法师都有的那种嘴脸，也就是杰蒂斯在迪格雷的脸上找不到的标记。看到这两个人在一起的好处是，你再也不会害怕安德鲁舅舅了，就像你见过响尾蛇之后就不会再害怕毛毛虫了，就像你见过疯牛后就不会再害怕奶牛。

"呸！"迪格雷想，"他也算是一个魔法师！他不算是，她才是真正的魔法师！"

安德鲁舅舅不停地搓着手，鞠着躬。他试图说一些客气的话，但他神情紧张，说不出话来。有关戒指的"实验"，比他想象的还要成功。虽然涉猎魔法多年，但他一直都是把危险留给其他人，之前从未有这样的事情发生在他身上。

接着杰蒂斯说道，声音不大，但整个房间都颤动起来。

"把我带进这个世界的魔法师在哪儿？"

"啊，啊，女士，"安德鲁舅舅气喘吁吁地说，"我是非常荣幸，无比欣慰，这是一件意想不到的、令人愉快的事情，只是我没有准备的机会，我……我……"

"魔法师在哪儿？傻瓜。"杰蒂斯问道。

"我，我就是，夫人。我希望你能原谅这些淘气孩子的冒冒失失，我向你保证，他们是无心的。"

"你？"女巫用更可怕的声音质疑。她走了一大步，穿过房间，抓了一大把安德鲁舅舅的灰白头发，并把他的脑袋转过来，这样他的脸就朝着她了。然后她仔细地看了看他的脸，就像她曾在禅城研究迪格雷的脸。安德鲁舅舅紧张地眨着眼睛，舔着嘴唇，浑身哆嗦。最后女巫放开他，如此突然，他竟跌跌撞撞地倒在墙上，靠在上面大口喘气，就像刚死里逃生一样。

"我明白了，"她轻蔑地说，"你是某种意义上的魔法师。站起来！狗，不要趴在那里！仿佛你在跟你的同类讲话一样。你是怎么知道魔法的？我发誓你没有皇家血统。"

"嗯，啊，在严格意义上来说也许不是，"安德鲁舅舅结结巴巴地说，"不完全是王室，夫人。然而凯特莉是一个非常古老的家族，一个古老的多塞特郡家族！"

"安静！"女巫喊道，"我知道你是谁！你是一名街边魔法师，靠的是规则和书籍。在你的血液和心脏中没有真正的魔法。在我的世界里你的种族在一千年前就灭绝了。但在这里我允许你成为我的仆人。"

"我感到非常开心，非常高兴能为你服务，这是我的荣幸，我向你保证。"

"安静！你说得太多了，仔细听清楚你的第一个任务！我看到我们现在是在一个大城市中，帮我弄一辆战车，或者一张飞毯，或者一头训练有素的巨龙，或者你们这里王室和贵族通常使用的交通工具，然后带我去一个地方，在那里我可以获得衣服、珠宝和符合我身份的奴隶。明天我将征服世界。"

"我——我——我立即去叫辆出租车。"安德鲁舅舅气喘吁吁地说。

"站住！"当他快要走到门口时，女巫说，"不要耍花招！

我的眼睛可以看穿墙壁，进入人们的思想，无论你走到哪里，我都会盯着你。一看到你有背叛的迹象，我将对你施咒，任何你坐着的地方都会感觉像烧得又红又烫的铁。当你躺在床上时，你的身下会有看不见的冰块。现在赶紧去办我吩咐的事情！"

老头走了出去，像丧家犬似的夹着尾巴，也可以说狼狈地逃了出去。

孩子们现在担心杰蒂斯将要质问他们刚才在树林发生的事情。她却竟然没提这件事。我觉得，迪格雷也这么认为，她一定是忘记了那个安静的地方，不论你是经常带她去那里，还是把她长期留在那里，她仍然会对此一无所知。现在只有她跟孩子，

她都没有注意到他们，这是她的性格。在禅城她一直没有注意到波莉，直到最后一刻。因为迪格雷才是她想利用的人。现在她有了安德鲁舅舅，就没有再注意到迪格雷。我认为大部分女巫都是这样的。除非可以利用，否则他们对周围的人或事都不感兴趣，他们是如此现实。房间安静了一两分钟，但你从杰蒂斯踏在地板上的步子可以判断出，她已经变得越来越不耐烦了。

现在她自言自语道："这个老傻瓜到底在做什么？我应该带上一根鞭子去狠狠地抽打他一顿！"她大步走出房间，去追安德鲁舅舅，看都没看孩子们。

"呼！"波莉如释重负地长出一口气，"现在已经很晚了，必须要回家了，我要抓住这个机会赶紧离开。"

"好吧，一定，一定记得尽早回来，"迪格雷恳求道，"这简直太可怕了，有她在这里的话，我们必须做出某种行动！"

"现在这个问题就丢给你的舅舅啦！"波莉摆着手说，"是他的魔法引起了这场混乱。"

"一样的，你会回来，是吗？你不能把我一个人丢在这样困难的处境下！我们是朋友！"

"我应该通过隧道回家，"波莉冷淡地说道，"这将是最快的方法。如果你想要我回来，难道你不应该先说声对不起？"

"对不起？"迪格雷惊呼道，"现在好了，你一点都不像一个女孩！我到底做了什么？"

"哦，没什么。"波莉讽刺道，"在那个满是蜡像的房间里，你只不过是差点拧断了我的手腕，像一个懦弱的恶霸；只是像一个愚蠢的白痴，不计后果地擅自用锤子敲响了金铃；只是在树林里拖拖拉拉地转身，才让她有时间抓住你，而跳进了我们的水池，这就是全部！"

"我不认为你将有什么事！只有凯特莉先生才去坐那炽热的椅子，睡那有冰块的床，是不是？"

"不是那样的，"迪格雷说，"我担心的是我那病重的母亲。如果那个生物走进她的房间，她可能会被吓死的。"

"哦，我明白了。"波莉用异样的声音说道，"好了，我们和好了。如果可以，我一定会回来，但是现在我必须走了。"她爬过小门进入隧道，几个小时前那个看起来令人兴奋和冒险的黑暗地方，现在似乎变得很亲切温馨了。

现在我们必须去看看安德鲁舅舅了。当他摇摇晃晃地从阁楼楼梯上走下来的时候，他可怜的心脏扑通扑通地跳着，他一直用手帕擦着前额的汗珠。当走到自己的卧室时——在书房的下面——他把自己关起来。他做的第一件事就是从他的衣柜里拿出酒杯和酒瓶，他一直把这两样东西藏在那里，而莱特阿姨却找不着它们。

他给自己倒了满满一杯高酒精浓度的成人饮料，一饮而尽，然后他深深地吸了一口气。

"真没想到，"他对自己说，"我在那里怕得直颤抖。多么令人沮丧啊！"

他倒了第二杯，喝了下去，接着他开始换衣服。你从来都没有见过这样的衣服，但我能记住它们。他穿上一件高领的、闪光的、坚硬的衣服，你得抬起你的下巴才能看到他。他穿上一件有图案的白色背心，胸前挂着金表链。他穿上最好的礼服大衣，本来是留着在婚礼和葬礼上穿的。他又拿出他最好的高帽，擦亮它。在他的梳妆台上有一瓶鲜花（莱特阿姨放在那里的），他拿起一枝，把它放在扣眼上。接着他从左手边的抽屉中拿出一张干净的手帕（手帕非常可爱，现在你都买不到），滴了几滴香水在上面。他用厚厚的黑色丝带拿起他的眼镜戴上，他看着镜子中的自己。

你知道，孩子们都有点傻，大人则是另一种傻。此时安德鲁舅舅开始他成人似的犯傻。现在女巫和他没有在同一个房间里，他很快就忘记了她是如何把他吓坏的，而是想着她的美丽。他一直对自己说："一个多么漂亮的女人呀！先生，一个多么精致的女人啊！她真是一个尤物！"他莫名其妙地忘记了，是孩子们把这个尤物带到这里，他觉得好像是他自己通过魔法把她从未知世界叫出来的。

"安德鲁，我的孩子，"他看着镜子自言自语，"跟同龄人比起来，你保养得很好，先生，你简直帅呆了。"

这个愚蠢的男人竟然开始幻想女巫会爱上他。那两杯酒可能起了作用，也有可能是因为他那身最好的衣服。但无论怎样他都像美丽的孔雀一样爱慕虚荣，这就是为什么他会成为一名魔法师的原因。

　　他打开门，走到楼下，让女佣去叫一辆小马车（那时候每个人都有很多仆人），并看了下客厅。如他所料，他看见了莱特阿姨。她正忙着修补一个垫子。垫子放在靠窗的地上，她正跪在那上面。

　　"啊，莱特，亲爱的，"安德鲁舅舅说，"我要出去一下，借给我五英镑吧，有一个很好的女孩，我需要招待她。"

　　"不，亲爱的安德鲁，"莱特阿姨坚定而平静地说，头也不抬，"我无数次地告诉过你，我不会借钱给你的。"

　　"现在求你不要这么不善解人意，我亲爱的女孩，"安德鲁舅舅说，"这次非常重要，如果你不借钱，你会让我处在一个非常尴尬的境地。"

　　"安德鲁，"莱特阿姨看着他说，"我在想你从我这要钱是不是一点都不觉得羞耻！"

这些话的背后有一个漫长而沉闷的故事。你所需要知道的只是，安德鲁舅舅使用"亲爱的莱特"战术，而不用做任何工作，就能买得起白兰地和雪茄（莱特阿姨曾一次又一次买单），所以现在她比三十年前穷好多。

"我亲爱的女孩，"安德鲁舅舅说，"你不明白，我今天将有一些颇为意外的开支。我需要一点娱乐。给点钱吧，不要这么没趣！"

"请问你要招待谁，安德鲁？"莱特阿姨问。

"啊，一个非常了不起的客人刚刚到了。"

"我怕是没用的人吧！"莱特阿姨转过头鄙夷地说，"最后我还是一个戒指都没有看见。"

这个时候，门突然被踹开了。莱特阿姨惊讶地看到一个高大的女子，打扮得漂漂亮亮，手臂裸露着，眼睛闪烁着，以一副女王的姿态站在门口，斜视着他们。原来是那个女巫！

第七章
发生在前门的事情

"奴隶，我的战车还要多久到！"女巫朝安德鲁舅舅怒吼道。闻言，安德鲁舅舅立刻弯腰屈膝地快步离开了。既然她已经在这里了，安德鲁看着镜子里自以为英俊的脸庞，所有愚蠢的想法都冒出来了。他已经把女巫的恐怖手段给忘得一干二净了！这时莱特阿姨立刻起身，来到房间中间。

"安德鲁，我能问一下，这个年轻人是谁吗？"莱特阿姨冷冰冰地问。

"高贵的异国人，十分重要的人物。"他结结巴巴地说，实在不想让莱特阿姨知道他今天干的蠢事。

"废物！"莱特阿姨咬牙切齿地说，然后转身朝着女巫，"现在请你滚出我的房子，不然我就叫警察了！"她猜想女巫一定是马戏团的，她可不喜欢裸着胳膊的人，一看就知道不是什么好姑娘。

"这个女人是谁？"杰蒂斯对安德鲁舅舅质问道，"跪在地上！该死的蠢奴才，否则我会毁灭你的！"

"女士，请不要在这所房子里讲莫名其妙的话！"莱特阿姨高昂着头回应。

突然间，安德鲁舅舅似乎看到，女巫念动咒语使自己变得更高了，她漂亮的眼眸中闪着滔天的怒火，她高举起手臂，说出了曾经让禅城化成灰烬的悲惨咒语。但是什么都没有发生！莱特阿姨认为那些可怕的话不过是普通的话，她不耐烦地说道：

"我估计也是这样。这个女人喝醉了，确实是喝醉了！她连话都讲不清楚。还有，安德鲁，请不要把那些个不三不四的女人带回来！"

女巫突然清醒地意识到：把人变成灰烬，在她的世界可以，在这里却行不通。这对她来说，一定非常可怕。但身为女王久居高位的她一秒也没有失了分寸。她没有花时间去叹息，而是迅速地向前扑，抓住莱特阿姨的脖子和膝盖，把她像个破布娃娃一样高高举在头顶，随手一扔，把她丢到房间那头去了。莱特阿姨还没落地，女佣在门口伸头喊道："先生，您要的马车来了！"

"带路，奴隶！"女巫对安德鲁舅舅说。安德鲁舅舅开始嘀咕"要反对暴力"。但当他瞟了杰蒂斯一眼，就立马变得战战兢兢哑口无言了。女巫毫不客气地把安德鲁赶到屋外，这时迪格雷刚好跑下楼梯看着前门，躲在他们身后。

"天啊！"迪格雷说，"在伦敦她可以随心所欲，还跟安德鲁舅舅在一起，我不知道现在究竟要发生什么事情了！"

"哦，迪格雷主人。"女佣说道，"凯特莉小姐不知怎么弄伤了自己。"闻言，迪格雷跟着女佣立即冲进客厅，看看到底发生了什么事情。

如果莱特阿姨是落在地板或者地毯上，我猜想她所有的骨头一定会被折断。幸运的是她掉在了床垫上。莱特阿姨的身子骨真是结实，不过那个时候的阿姨都是那样结实。她喝了一些提神药，静静地坐了几分钟，试图缓过神来了解事情的真相。她说她没什么事，只是受了一些皮外伤。她很快就掌控了局势。"莎拉！"她对女仆说，"立即去警察局！告诉他们，现在有一个危险的疯子逍遥法外，让他们立刻逮捕那个该死的女人！我自己会把柯克夫人的午餐端上去。快去！"柯克夫人就是迪格雷的母亲。

当母亲的午餐被端上去后，迪格雷和莱特阿姨开始吃饭。之后迪格雷冷静地思索了一下：问题是如何尽快让女巫回到她自己的世界，至少离开我们的世界。无论发生什么，一定不能让她像疯狗一样在屋子里到处发飙。更不能让妈妈看见她！

如果可能的话，也不能让她在伦敦为所欲为！当她准备摔碎莱特阿姨时，迪格雷并未在客厅。但他看过她炸开禅城的大门，所以知道她那可怕的力量，可他不知道现在她已经失去那些法力了。他知道她打算征服我们的世界。就目前而言，他能想到的就是她可能会炸了白金汉宫和国会大厦。几乎可以肯定，现在不少警察已被她炸成一小堆灰尘。看上去他似乎没办法阻止这一切。

"可是，那些戒指似乎很像磁铁。"迪格雷托着下巴想，"只要能碰到她，然后滑动我的黄色戒指，我们就将进入世界之间的树林，不知道她这次还会不会昏倒。那是树林施加在她身上的魔力，还是她离开禅城受到了惊吓？但我想我得冒这个险！我要把这个可恶的、恐怖的女巫送回去！那么我要怎么找到这只野兽呢？我不认为莱特阿姨会让我出去，除非告诉她我去哪里。现在我身上还剩下不到两便士（便士是英国的一种货币）。如果我要在伦敦的全城范围内找，我还需要乘坐公交和电车的钱。无论如何，对于她的行踪我毫无头绪，我甚至不知道安德鲁舅舅是不是还和她在一起。"

经过深思熟虑后，他发现自己唯一可以做的事情——只有等待和希望安德鲁舅舅和女巫会回来。如果他们回来了，在他们进屋前，他一定会冲出去抓住女巫，并戴上他的黄色戒指将女巫送回那片树林。这意味着他将要像猫看着老鼠洞一样，目不转睛地盯着前门，一会儿也不能离开。于是，他走进饭厅，脸贴着窗户。这是一个圆肚窗，从这里你可以看到通往前门的台阶，看到整条街，所以任何到达前门的人，你都会在第一时间知道。

"我不知道波莉正在干什么。"迪格雷想。刚开始的半小时里，他一直在想这个事情。但你不必惊奇，因为接下来我要告诉你关于波莉的事情。波莉过了饭点才回家，她的鞋子和袜子都湿透了。当他们问她去哪儿了，到底在做什么，怎么弄得这么狼狈时，她说她和迪格雷出去玩了。在进一步的追问下，她说她在一个水池里弄湿了脚，并且那个水池是在一片树林里。当被问那片树林在哪里时，她说她不知道。当被问那是不是一个公园时，她说她想那可能是一个公园。所有的这一切，不禁让波莉母亲想到：波莉没有告诉任何人，却到了她所不知道的伦敦的某个地方，并进入到一个陌生的公园，在嬉戏玩闹时跳进了水坑。其结果是，波莉被告知她很调皮，如果再发生这样的事情，她就不许再和迪格雷一起玩了。然后波莉开始吃晚饭。晚饭后就被赶到床上，整整两小时后才能下床。这样的事情在那时候是常常发生的。

当迪格雷紧盯着餐厅窗口时，波莉正躺在床上。他们都在想时间过得真慢！我想我自己宁愿处在波莉的位置，她只不过要等待两个小时结束。而迪格雷呢，每隔几分钟，只要听到出租车、面包车，或者肉铺的小男孩来到拐角处的声音，就以为她终于回来了！结果发现都不是。迪格雷经历了一次次的期待——失望——期待——失望……哦！可怜的孩子！在这些错误的情报之间，时钟嘀嗒，似乎过了几个小时。这幢住宅在下午变得非常安静和枯燥，并且总有一股淡淡的羊肉味弥漫着。

在他漫长的观望和等待中，有一件小事发生了。我之所以要提到这件事，是因为稍后一件更重要的事情将要到来。一位提着葡萄的女士来看望迪格雷的母亲。由于餐厅门敞开着，所以迪格雷无意中听到了莱特阿姨和那位女士的对话：

"多么可人的葡萄啊！"莱特阿姨说，"我敢肯定这些葡萄一定可以改善她的身体状况，亲爱的梅布尔！恐怕只有年轻土地上的水果才能治愈她。除此之外，这个世界上的任何东西都没什么作用。"然后她们都压低了声音，说了更多，但他都不能听到。

如果几天前听说年轻的土地，他还以为莱特阿姨只是说了些没有意义的话。大人们平常都是这样做的，他一点都不会感兴趣，现在他几乎也是这么想的。但他突然想到真的有其他的世界，而且他本人就曾去过。如果那样的话，年轻的土地也有可能存在，几乎所有东西都可能存在！其他世界的水果也许能

治好他母亲的病！

你知道，盼望得到梦寐以求的东西时是什么滋味吗？因为你过去失望太多，也因为那种希望美好得不真实，所以你几乎要和希望作对了。这就是迪格雷当时的感觉。这样试图扼杀仅有的希望没有什么好处，也许这个故事是真的。现在已经有许多奇怪的事情发生了！他拥有神奇戒指，通过树林里的水池，一定可以到达其他世界。他可以全都试一次，然后妈妈的病就好了！一切又都变得那么美好。他完全忘记了守候女巫的事情。他的手已经伸进口袋，那里装着黄色戒指。突然间他听到汽车疾驰呼啸的声音。

"喂！那是什么？"迪格雷想，"消防车？我不知道是哪里的房子着火了。天啊，来了，啊，是她！"

我不需要告诉你她是指谁。

先是来了一辆马车，没人坐在驾驶座上。在车顶上，杰蒂斯不是坐着，而是站在上面摇晃着。车子正全速前进，在拐角处前轮已经悬在了半空中。她露出牙齿，眼睛像火一样闪亮，长发甩在身后，像彗星的尾巴。她挥鞭打马，下手毫不留情。可怜的拉车的马儿鼻孔喘着粗气，脸颊呈红色，马嘴两侧满是泡沫。它疯狂地疾驰到前门，离灯柱不到一英寸，然后暴跳起来。不受控制的马车撞向灯柱，摔成碎片。女巫猛地朝前一跃，恰好落在了马背上。她双腿跨在马背上，稳稳地坐着，身体前倾，在马耳边窃窃私语。已经急躁的马儿变得更加疯狂。过了一会儿，马儿又扬起了前腿，尖厉地嘶叫了一声，马蹄、牙齿、眼睛和飞舞的鬃毛便晃作一团。马儿开始左右跳跃试图甩掉背上那讨厌的残酷的女

巫，然而它低估了女巫的实力，毕竟这个女巫曾经统帅她的军队创造了属于她的王国。在马儿一系列的动作后，女巫依旧稳如泰山，她确实是个无与伦比的骑手！

在迪格雷恢复呼吸以前，接二连三的事情发生了。第二辆马车紧随第一辆疾驰而来，一名身披大衣的胖子和一名警察从马车上跳下来。然后是第三辆马车，里面还有另外两位警察。接着是骑自行车的二十多人（主要是跑腿的男孩），他们按着铃铛一路跟来。最后是一大群步行过来的人。他们是跑过来的，这会儿都有点热了，但显然他们乐此不疲。这突如其来的吵闹声使得这条街上的所有窗户都打开了，从里面探出一个个头来。每一户门前都站着正窃窃私语的保姆或者管家，他们希望看到乐子。

与此同时，在第一辆马车产生的废墟中，一位老先生正在颤抖地挣扎着用手努力扒拉着尘土想站起来。几个人冲上前去帮助他，但由于一个人把他往这边拉，另外一个人又把他往那边拉，反而让老先生仍在原地挣扎。也许他自己站起来会更快一些。迪格雷猜测，这位老先生一定是安德鲁舅舅。但看不到他的脸，因为他的高帽子被撞坏了，跌下来遮住了脸。

迪格雷冲了出来，加入到人群中。

"就是这个女人！就是这个女人！"胖子高声叫道，指着杰蒂斯，"警员，你要尽职！她从我的店铺拿了数十万英镑的东西。看她脖子上的珍珠项链，那是我的。不仅如此，她还打肿了我的眼睛，我的双眼都变成黑色的啦！我现在活脱脱地成了一只熊猫！都是她害的！"

"警察，就是她，"人群中有人附和道，"他的黑色眼睛真是可爱，正是我希望看到的。这是一项多么美丽的杰作啊！先生，她真强壮！"

"先生，你应该在你打青的眼睛上放一块生牛排，那才妙呢。"肉店的男孩说道。

"那么现在，"管事的警察说道，"这究竟是怎么回事？"

"我告诉你，她……"胖子挥舞着他柱子般粗壮的手臂开始说道，但有人打断了他："不要让马车里的老人跑了，快把他抓住！"

这位老先生，肯定是安德鲁舅舅。他刚刚成功地站起来，正用手"哎哟哎哟"地揉着瘀（yū）伤。"那么现在，"警察转向安德鲁舅舅说，"这到底是怎么回事呢？"

"嗯，嗯，嗯……"安德鲁舅舅心虚的声音从那顶帽子中冒出来。

"不要这样！"警察严厉地说道，"这可不是开玩笑的事情。把帽子摘掉！听见没有？"

但这件事情说起来容易做起来难。虽然安德鲁舅舅一直在用颤抖的手努力摘掉帽子，但那都是白费气力。另外两名警察抓住了他的帽子边缘，才摘掉他的帽子。

"谢谢，谢谢，"安德鲁舅舅用微弱的声音感激道，"谢谢！天啊！我实在颤抖得厉害，如果现在有人能给我一小杯白兰地就好了！"

"现在请你认真听我说，"警察边说边拿出一个非常大的笔记本和一支细小的铅笔，"你是负责看管那位年轻女士的吗？"

"小心！"几个人喊道，警察及时向后退了一步。马儿刚才试图踢他一脚，如果不是旁人提醒，这有可能杀了他。女巫骑马转过身，面对着人群，马的后腿踩在人行道上。她手中拿着一把长而明亮的刀子，此时她正双手挥舞着它，试图切断束缚马匹的缰绳。

这段时间迪格雷一直试图寻找一个最佳位置让他能碰到女巫。这是很不容易的，因为她身边有太多的人。为了去另一边，他需要经过马蹄边，还要穿过围栏。如果你知道关于马的事情，特别是你看到马现在的状态，你会觉得这是一件非常棘手的事情。为了阻止这可怕的女人，迪格雷知道他不得不这么做。这是他的责任与使命！他非常了解马的习性，但他只能咬紧牙关聚精会神地盯着仍在狂躁中的马儿，准备一旦看到好时机，就立即冲过去把女巫送回老家。

现在一个戴着圆顶礼帽的红脸男子扭动肩膀，好不容易挤到人群前面。

"嗨！警察，"他说，"她坐的是我的马！同样的，她毁掉的也是我的马车！你得让她赔偿我的损失！"

"一次一个人讲，一个一个来。"警察说。

"但没有时间了，"马车夫说，"我比你更了解这匹马。这可不是普通的马。它可是在骑兵团中征战无数的战马，如果这名年轻的女子激怒了它，可能还会有血案啊。请让我抓住这匹马！"

警察很高兴，终于有一个很好的理由让自己远离这匹危险的野性难驯的马了。马车夫朝着自己的爱驹走近一步，抬头看着杰蒂斯，温和地说："现在，女士！我来抓住它的头，你立即跳下马。你是一名女士，你可不希望遇到什么不好的事情，是不是？你想要回家，喝一杯茶，躺下来安静一会儿。之后你会觉得好多了！不要害怕，女士！"同时，他朝马头伸出手，"镇静！草莓，老伙计。现在镇静下来！"

女巫第一次说话。

"狗！"她冷酷而清晰地说道，比其他声音都响亮，"狗，把你的手从我的皇家战马身上移开！你不够资格！我是杰蒂斯女王！"

第八章
灯柱前的决斗

　　"嗬！女王？你是吗？我们走着瞧吧！"一个声音说道。接着另一个声音说："为女王喝彩三声！"有不少人加入喝彩的队伍。女巫的脸红了，她微微地鞠躬。但欢呼声渐渐淡去，变成了嘲笑声。她终于知道他们只不过是在取笑她。女巫脸色一变，倏（shū）地把刀换到左手上，毫无预兆地，她做了一件可怕的事情。她伸出右臂，就像做世界上最普通的事情一样，轻而易举地扳断了灯柱的横杆。周围的嘲笑声终于安静下来。虽然在我们的世界她失去了一些神奇的魔法力量，但她并没有失去自身的武力。她可以轻而易举地把一根铁棍像折麦芽糖一样折断。她把新武器甩到空中，再接住它，挥舞着它，并敦促马向前走。

　　"现在正是好机会。"迪格雷想。他在马和栏杆之间急冲。如果这匹马能够停留哪怕一会儿，他就有可能抓住女巫的脚跟。当奔跑时，他听到令人作呕的"轰隆"声和"砰"的一声。女巫把横栏折弯，压在首席警察的头盔上，警察像被击倒的保龄球瓶一样朝前倒了下去。

　　"快，迪格雷！我们必须阻止她！"他身边有急促的声音传来。原来是波莉！波莉被允许下床后，就立即冲到了街上。

"你是好样的，"迪格雷说，"紧紧地抓住我！你负责戒指。记住，黄色的，我一喊你就戴上。"

接着是第二声"轰隆"声，另一个警察被打倒了。人群中传来愤怒的吼声："把她拉下马来，拿铺路石打，去叫军队！"但大多数人还是如潮水般胆怯地朝后退去，离得越来越远。马车夫却是最勇敢和最善良的人，他一直站在马附近，极力避让灯柱横杆，双手伸直，尝试抓住草莓的头。

人群中发出嘘声和吼叫声。一块石头从迪格雷的头顶飘过。接下来头顶上传来女巫的声音，大得像一个正被猛力敲打的大钟。这次的声音听起来，她似乎有点得意。

"人渣！当我征服了你们的世界，你将要付出沉重的代价！这座城市将没有一块石头，我会把它变成禅城、菲林达城、罗斯城和布曼迪城！"

最后迪格雷抓住了她的脚踝。女巫反应如猎豹般敏捷，她抬起脚用力地踢到了迪格雷的嘴。迪格雷痛得松了手。他的嘴唇被这全力的一脚踢破了，满嘴是血。从很近的地方传来安德鲁舅舅颤抖的尖叫声："夫人，我亲爱的小姐！请看在上帝的分上，平静下来。"迪格雷第二次抓住了她的脚后跟，却再次被她甩开。更多的人被铁棒打倒。迪格雷第三次咬紧牙根死死地抓住了她的脚后跟，大声对波莉喊道："走！"谢天谢地！那些愤怒而惊恐的面孔终于消失了，愤怒而惊恐的声音沉静下来，黑暗中只听到近处安德鲁舅舅虚弱的叫喊声："哦！哦！我这是精神错乱了吗？

我的生命结束了吗？我不能忍受呀！这实在是太不公平了。我从未想过要成为一位魔法师！这全是误会，这都是我教母的错！我要抗议这一点。我的身体状况这么好！还是来自非常古老的多塞特郡家族。"

"真烦人！"迪格雷想，"我们并不想带上他。波莉，你在吗？"

"是的，我在这里，不要推我啦！"

"我没有推你呀。"迪格雷回答。但当他还没来得及说什么的时候，他们的头就已经伸到了温暖的、绿色的阳光树林——世界之间的那片树林。当他们走出水池时，波莉差点哭了出来："哦，看！我们把那匹老马也带过来啦！还有凯特莉先生，还有马车夫。哦！乱七八糟的！"

女巫看见自己再次来到树林，脸瞬间变得苍白，她弯下腰想从这种不安定中平静下来，直到她的脸碰着马的鬃毛才感觉到有了心灵的依靠。你可以看到她极不舒服。安德鲁舅舅在发抖。但草莓——那匹马，摇摇头，撒开了蹄子，发出了一声欢快的嘶鸣，似乎感觉良好。这是迪格雷第一次看到它这么安静。马耳朵舒展开来，慢慢回到平常的位置，眼中的怒火也慢慢消失了。

"这就对了，老男孩。"马车夫轻轻地拍打着草莓的脖子赞扬道，"越来越好了，别着急。"

这时候草莓做了世界上最自然不过的事情。这也不奇怪，它非常口渴。它慢慢地走到最近的水池，踏进去喝水。此时，迪格雷仍然抓着女巫的脚跟，波莉还抓着迪格雷的手；马车夫的其中一只手搭在草莓背上；安德鲁舅舅仍然颤抖着，刚刚抓起马车夫的另一只手。

"快，"波莉看了迪格雷一眼，喊道，"绿色戒指！"

马还没来得及饮水，所有人发现他们又陷入了无尽的黑暗之中。草莓昂着头嘶叫着，安德鲁舅舅颤抖着身体呜咽着。迪格雷松了一口气说："刚才真是走运！"

停了一下，波莉说道："我们还没到吗？"

"我们是到了某个地方，"迪格雷说，"至少我现在正站在坚实的东西上面。"

"为什么？我也是，现在我想起来了，"波莉恍然大悟，"但是为什么这么黑啊？你说我们是不是进入了错误的水池？"

"也许这是禅城，"迪格雷说，"只是我们在半夜回来而已。"

"这不是禅城，"女巫的声音传来，"这是一个空虚的世界，这里什么都没有。"

这个地方真的不同寻常，什么都没有。天上也没有星星，周围也没有一丝光亮，到处漆黑一片，伸手不见五指，你的眼睛闭着或睁开都没有什么区别，因为没人能够看见。他们脚底下是冰凉而平坦的物体，这可能是地面，绝对不是青草或者树木。周围空气寒冷干燥，迎面没有一丝风，只有无尽的虚无与黑暗。

"我的厄运来临了。"女巫用可怕而平静的声音说道。

"哦，不要那么说，"安德鲁舅舅含糊不清地说，"我亲爱的年轻女士，祈祷你不要再说这样的话，事情不会那样糟糕的。车夫，我的好兄弟！你不会正好带着酒瓶吧？我现在需要喝点酒。我迫切需要热辣辣的酒精来振奋自己，让自己清醒一下。"

"行啦，行啦，"马车夫坚定而强硬地说，"请每一个人保持冷静，这就是我说的。没有人的骨头断了吧？好，那么这就值得我们感谢。一直往下跌，身体还没什么伤害，这完全出乎意料。现在，如果我们摔倒在一些挖掘物上，可能是地铁的新站，会有人来帮助我们脱离险境的，明白啦！如果我们真的死了，我不否认可能会出现这种情况。那么，你一定要记住更糟糕的事情发生在海上，并且有时年轻的小伙子也会遇难。如果这个小伙子曾过着体面的生活，那么死亡就没有什么可怕的。如果你问我如何打发接下来的时间，我觉得最好的事情就是唱歌啦。来吧！让我们先忘记这些烦恼，歌唱吧！"

他真的唱了。他唱了一首丰收的感恩赞歌，唱的都是关于农作物收割的事情。这跟周围的环境很不搭调，因为这片土地给人的感觉是从起初就没有任何事物生长的虚无的荒凉之地。这里不会有歌中所描绘的丰收的景象，但这首歌是马车夫记得最清楚的。当然他有甜美的嗓音，很快孩子们欢快地加入了。这首歌唱起来让人身心愉快，但是安德鲁舅舅和女巫并没有唱。

等到赞歌快唱完的时候，迪格雷感觉有人在扯他的胳膊肘，并且那个人散发着白兰地和雪茄的味道，他断定那一定是安德鲁舅舅。安德鲁舅舅正小心翼翼地拉着他远离其他人。他们离开一段距离后，老人把嘴凑到迪格雷耳边，低声道：

"现在，我的孩子。触碰你的戒指，我们走吧。"

但女巫听力很好。"傻瓜！"她说，随即跳下马，"你忘了我可以知道别人的想法了吗？放开男孩！如果你试图背叛，我会用你闻所未闻、见所未见的惩罚措施报复你。”

"而且，”迪格雷补充说，"如果你认为我是一头卑鄙的猪，会独自转身离开，丢下波莉和马车夫，还有马，你就大错特错了！”

"你真是一个顽皮而粗鲁的小男孩！”安德鲁舅舅恨恨地说道。

"嘘！”马车夫竖起手指悄声说。他们都竖起耳朵认真听。

黑暗中，一个声音开始唱歌。这声音从很远的地方传来，迪

格雷发现很难判断声音的方向。有时感觉它似乎是从四面八方而来，有时候他几乎以为是从他们脚下传来。这首歌的音调是如此低沉，就像是大地的声音，没有歌词，也几乎没有调子。但这首歌却是无与伦比的，是他听过的最美妙的歌！它是如此美丽，使他禁不住也跟着唱起来了。马儿似乎也很喜欢，发出了嘶鸣声，马蹄不停地和着拍子敲打着地面。马儿多年被拴在马车上，已经

很久没有这么快乐了，现在它发现自己又回到了童年时的那片田野，并且看见了它喜欢的人拿着一块糖穿过田野。它忍不住想要狂奔着朝歌声传来的方向跑去，如果知道方向的话它早就跑了。

"天哪！"马车夫惊讶道，"这是不是很可爱？"

这时两个奇迹同时发生了。其中之一是，其他的声音突然加入到刚才那个低沉的声音里来，那些声音多得你数不清。那么多声音混在一起竟然十分和谐，除了规模大外，声音冷冷的，发出叮当声，像银铃的声音一样清脆悦耳。第二个奇迹是，头顶上的黑暗，一下子被炽烈的明星点亮。它们不是像夏天傍晚的星星一样悄悄地一个接一个地冒出来，而是霎时间铺天盖地地闪烁起来。一会儿工夫，数千的光点一起跳出来。有单个的恒星、星座和行星，它们比我们世界的任何星星都要硕大和明亮，周围没有乌云。星星和新的声音几乎同时出现。如果你看到或者听到它，你肯定会像迪格雷一样觉得，这是星星在唱歌，是第一个低沉的声音指挥着它们出现，使它们歌唱。

"多么荣耀啊！"马车夫高抬着头微笑着说，"如果我早知道有这样的事情，我一定会成为一个更好的人！"

现在地上的声音更响亮，但天空中的声音，在唱了一段时间后，开始变得微弱。同时还有别的事情发生了。

远处，接近地平线的地方，天空开始变成灰色，清新的微风也随之吹拂着。那个地方的天空在缓慢地生长着，黑暗渐渐变得苍白。你可以隐约看到它旁边衬托着的小山状的黑暗。这段时间那个声音一直在歌唱。

很快就有了光线，他们此时能清楚地看到彼此的脸。马车夫和两个孩子张大了嘴巴，眼睛里闪着喜悦的亮光，他们仍然沉浸在那歌声里，好像歌声让他们想起了什么趣事。安德鲁舅舅的嘴也是张开着的，但他的脸上却没有喜悦。他看上去更像是下巴稍稍离开了他脸上的其他器官，整个五官都扭曲着，也许他想到的是让他害怕或者不愿想起的事情吧。他的肩膀停止了颤抖，但他的膝盖还在抖动。他不喜欢这声音！从心底里抗拒这声音。如果钻进老鼠洞可以远离这声音，他一定会那么做的。在某种程度上，女巫看起来能比其他人更好地理解这声音。此时她的嘴紧闭，嘴唇紧紧抿着，拳头紧握，全身都紧绷着。从歌声响起开始，她就觉得这个世界充满了远超她的世界的魔法，这让她很不甘心。她讨厌！她讨厌这未知的比她强大的事物，因为她无法牢牢地控制它。如果能停止这个无法掌控的声音，她想粉碎这个世界，甚至全部的世界。马站在那里，耳朵前倾并不断地抽动，还时不时用蹄子敲打地面或者打几声响鼻。现在这匹马热血沸腾起来了，它看上去不再是一匹劳累不堪的拉车老马。你现在绝对可以相信它曾经是一匹久经沙场的骄傲的战马。

东方的天际由白变粉，又由粉变成金黄。声音不断地升高，直到空气都随之震颤。当声音变得最嘹亮最动听的时刻，太阳升起来了。

迪格雷从未见过这样的太阳！禅城废墟上空的太阳看上去比我们的太阳更老。这轮太阳却显得更年轻。你可以想象，这轮太阳是高兴地微笑着升起来的。当阳光照亮大地的时候，这群旅行者才第一次看清这个地方。这是一条峡谷，有一条宽阔的急流穿越其间，朝着太阳升起的东方奔涌而去。南边是大山，北边是丘陵。中间的河谷里只有岩石、土和水，没有树和灌木，连一片草叶也没有。放眼望去，泥土是五颜六色的，看上去新鲜、温热和艳丽。这一切都令人激动，当你亲眼看见歌唱者时，你便忘记了其他的一切。

一只鬃毛浓密、生机勃勃的巨狮，威风凛凛地站在离他们大约三百米的地方，面朝太阳，摇晃着硕大的脑袋张着大口在歌唱。

"这真是一个可怕的世界，"女巫说，"我们必须马上逃走。准备好施魔法！"

"我完全同意，夫人。"安德鲁舅舅说，"这是一个最让人厌恶的地方，野蛮透顶。我要是再年轻一些，有一支枪，就好了！"

"枪？"马车夫说，"你不会是想你能射到他吧？是不是？"

"谁要射他？"波莉问。

"准备施魔法，老傻瓜！"杰蒂斯不耐烦地说。

"当然，夫人。"安德鲁舅舅狡猾地说，"我必须让两个孩子抓着我。立刻戴上让你们回去的戒指，迪格雷。"他想丢下女巫跑掉。

"哦，原来是戒指，是吗？"杰蒂斯大叫着。说时迟那时快，她的手就要伸进迪格雷的口袋了，但迪格雷拉起波莉，高声说：

"小心点！假如你们俩敢向这边靠近半步，我们两个就会消失，你们将永远留在这里了。是的！我口袋里有一枚戒指，可以把我和波莉送回家。看！我已经准备好了！所以，别过来。我对你（他看着马车夫）和那匹马感到抱歉，但我没有办法。至于你们两位（他看着安德鲁舅舅和女巫），你们都是魔法师，应该喜欢生活在一起。"

"大家别吵，"马车夫说，"我想听听这音乐。"

现在歌声已经改变了。

第九章
纳尼亚的诞生

　　狮子在空旷的大地上悠闲地走来走去，晃着脑袋唱着新歌。这歌声比刚才唤出星星和太阳的歌声更加柔美，更加轻快活泼，又如潺（chán）潺流水般温暖。随着狮子的移动和歌唱，河谷里长出了青草，以狮子为圆心像水潭一样蔓延开去，眨眼间如浪花一般爬到小山坡上。一会儿，青草就长到了远处大山的斜坡上，每过一会儿年轻的世界都变得更加美丽。微风沙沙地拂动青草。

很快，除了草，又出现了别的东西。高高的山坡上长出了颜色更深的石楠属植物，河谷里出现了一片片粗糙不平的绿色。迪格雷刚开始不知道那是什么，直到其中一株长到离他很近的地方。那是一种长而尖的小东西，身上长出几十只手臂，上面覆盖着一片绿色，而且每两秒长一寸。这真是惊人的奇观！这让他们看得目瞪口呆。现在他的周围都是这样的东西，等它们长到与他差不多相同的高度时，他才恍然大悟地喊道："树！"

令人沮丧的是，正如波莉后来说的，你无法平静地欣赏这一切。迪格雷说"树"的同时，他不得不跳到一边，因为安德鲁舅舅又悄悄溜到他身旁，企图偷他的戒指。即使他偷到手也没有多大好处，因为他一直以为返回家里的绿色戒指是在右边口袋，便把目标对准那里。当然，迪格雷可不想让他得逞。

"住手！"女巫大叫，"退回去！不，退得再远些！谁要是走到离这两个小孩中的任何一个十步远的地方，我就敲碎他的脑袋！"她挥舞着那根从灯柱上扭下来的铁棒，准备随时扔出去。不管怎样，没人怀疑她会投射得很准。

"好哇，"她咆哮道，"你竟然想带着这个男孩，偷偷跑回你们的世界，而把我留在这儿！你休想！"

安德鲁舅舅终于不怕她了，忍不住发了火。"是的，夫人，"他说，"毫无疑问，我就想这么干！这完全是我的权利！因为你，我蒙受了最大的羞辱，受到了最低等的待遇。我曾经尽全力尊敬你、讨好你，但我得到的报答是什么呢？你抢劫——我一定要重复这两个字——抢劫了受人尊敬的珠宝商。你坚持要我招待你吃最昂贵也是最铺张的午餐。这样一来，我不得不当掉手表和表链（告诉你，夫人！我们家还没谁有经常光顾当铺的习惯。除了我的表哥爱德华，他参加过义勇骑兵队）。吃那顿消化不了的午饭时——现在想起来我更难受了——你的言行吸引了每一个人不友好的目光。而待在你身边的我也因此受到别人的鄙视。我觉得自己在公众场合丢了脸！以后，我再也没有脸去那个饭店了！你还袭击警察，还偷了……"

"别说了！先生，请别说了！"马车夫说，"请看一看、听一听眼前正在发生的事情吧，不要讲话了！"

有许多可以看和听的东西。迪格雷最先看见的那棵树已经长成一棵粗壮挺拔的山毛榉（jǔ），枝丫优美地舒展在他的头顶上，犹如在他的头顶撑起来一把绿色的大伞。他们站在一片凉爽的青草地上，那上面散布着雏菊和毛茛①属植物。稍远的地方，沿河生长着一排排柳树，柳枝正随着轻风摇曳在水面上。河的对岸绽放着一丛丛茶藨子②、丁香花、野玫瑰和杜鹃花。万紫千红，把这片青草地点缀得如诗如画。那匹马正大口大口地撕咬着新鲜的青草。

在这段时间里，狮子一直在唱歌，庄严地前后左右走动。使人惊异的是，他每次转身，都会离他们更近一些。波莉发现，歌声越来越有趣，因为她觉得自己开始看出了音乐与眼前发生的一切之间的联系。当大约百米外的山脊上长出一排墨绿色的冷杉树

---

① 毛茛（gèn）：也叫老虎脚爪草，初夏开黄色的花，有毒。

② 茶藨（biāo）子：植物茶藨子属的通称，俗称醋粟，果实一般可食。我们熟悉的黑加仑就是黑茶藨子。

时，她感到这和一秒前狮子唱的一组低沉而悠长的音调紧密相关。毫不奇怪，当狮子唱出一组轻快的旋律时，她看到报春花如雨后春笋般从四面八方长了出来。在一阵无以言表的激动中，她肯定所有这些都是从（用她的话说）"狮子的脑袋里出来的"。当聆听他歌唱时，你就知晓了他所创造的事物——当环顾四周时，你就能看见这些事物。这太令人激动，太神奇了！她几乎没有时间感到害怕。但狮子的每一次转身，便会离他们更近，迪格雷和马车夫都不禁有些紧张，但是他们没有丝毫害怕。安德鲁舅舅则恐惧得牙齿打战，双膝发抖，连逃跑都迈不动腿。

突然，女巫大胆地朝狮子冲过去。狮子仍然唱着歌，迈着缓慢而沉稳的步伐。离狮子只有十几步远时，她抬起手中的铁棒，朝他的头径直抛了过去。

任何人，更不用说杰蒂斯，都不会在这么近的距离打偏。铁棒不偏不倚地敲在狮子的两眼之间，然后一掠而过，"砰"的一声落在草中。受到重击的狮子仍然没有停下，步伐既未减慢也未增快。很难说他是否知道自己被打了一下。虽然他柔软的爪子没发出任何声响，你却能感到脚下的大地在震动。

女巫这时感到害怕极了，她猛地尖叫一声跑开了，很快便消失在了树林中。安德鲁舅舅转身想跟着跑，不料绊倒在一根树桩上，脸朝下倒在流向大河的一条小溪中。孩子们无法动弹，他们甚至不能肯定自己是否想跑。狮子根本没有注意他们，他张着血红的大口，没有咆哮，只是歌唱。当他与他们擦身而过时，他们几乎可以摸到他的鬃毛。两人害怕极了，怕他转过身看着自己。

但奇怪的是，他们又希望他转过身来。从开始到现在，他们好像是看不见闻不着的东西，丝毫没有引起狮子的注意。他从他们身边过去，走了几步，又折回来，再次与他们擦身而过，转向东边。

安德鲁舅舅爬起来，边咳嗽边唾沫飞溅地说："迪格雷，我们终于摆脱了那个女人，狮子也走了。快把手伸过来，马上戴好戒指！"

"走开！"迪格雷说，后退几步避开他，"离他远点儿！波莉，到我身边来。我现在警告你，安德鲁舅舅，一步也不要走近！否则，我们就消失了！"

"这次要照我说的去做，小子，"安德鲁舅舅说，"你这孩子太调皮捣蛋了，行为简直太恶劣了！回去后我要将你的恶行告诉你的母亲！"

"不用害怕，"迪格雷说，"我们想要待在这儿，看看将会发生什么事。我原本以为你想了解别的世界。现在终于来到这儿了，难道你不喜欢这个地方吗？"

"我喜欢？"安德鲁舅舅大叫，"看看我落魄到什么地步！这还是我最好的外套和背心呢。"他现在看上去的确很狼狈。当然，任谁开始时打扮得很漂亮，从撞烂的马车下钻出来，再掉进一条泥泞的小溪，模样都肯定会惨不忍睹。"我不是说，"他接着说道，"这个地方没有意思。如果我再年轻一些，现在……我或许可以先去找一些精力充沛的年轻人来这儿，找一名猎手。这儿气候宜人，我过去从来没有呼吸过这样的空气。我相信，如果气候条件好，对我的身体会比较有利。要是我们有一支枪就好了！"

“枪也没有用，”马车夫说，“我要去看看是不是该给草莓梳理一下了。那匹马比有些人还有灵性。”他走到草莓身边，嘴里发出马车夫特有的那种嘘嘘声。

“你还认为枪能打死那头狮子吗？”迪格雷问，“他对那根铁棒倒是不怎么在乎。”

“这全是她的错，”安德鲁舅舅跳起脚说，“那胆大包天的女人！我的孩子，她实在是太粗暴了！”他的指关节捏得噼啪作响，似乎又忘了女巫在场时，自己是多么害怕。

“这么做实在太坏了，”波莉愤愤不平地说，“狮子哪一点伤害到她了？”

“嘿！那是什么？”迪格雷说完往前走，去看看几步外的一样东西。“我说，波莉！”他向后喊道，“快过来看看！”

安德鲁舅舅也跟着过来了。他不是好奇，而是想紧紧跟着孩子们，这样他就有可能偷到戒指了。但是，当他看见迪格雷正在看的东西时，他也开始感兴趣了。那是一个小巧而完美的灯柱模型。在他们看的时候，它正在按比例变高变宽。实际上，它像树木一样生长。

“它是活的—— 我的意思是，它亮着。”迪格雷说。不过，当然啦，在阳光下，除非你的影子映在那上面，你才能看见灯上那微弱的光线。

“了不起！太了不起了！”安德鲁舅舅感到惊奇地喃喃道，“我做梦也想不到会有这样的魔法。这个世界，所有的东西甚至一个灯柱，都是有生命的，可以生长。我觉得奇怪的是，它的种子是什么样的呢？"

"你还不明白？"迪格雷说，"这是刚才铁棒落下的地方——就是她从我们家门前那根灯柱上扭下的铁棒。它掉进土里就长成了一个小灯柱。"但此刻已经不算小了，迪格雷说这话时，灯柱已和他一样高了。

"是的，了不起！了不起！"安德鲁舅舅比刚才更使劲地捏着手指，"哦！哦！他们竟敢嘲笑我的魔法！我那傻瓜妹妹还以为我是个疯子。这下，看他们还说什么。我发现了一个充满生机、任何东西都可以生长的世界！哥伦布，现在他们谈论哥伦布。但与这里相比，美洲算什么！这个国家的商业潜力是无限的！带一些旧钢条到这儿来，埋下去，就会长出崭新的火车头、军舰，长出任何你想要的东西。用不着花任何代价，我就能以高价在英国卖掉。这样我将会成为一个百万富翁！还有这天气！我已经感到自己年轻几岁了。我可以在这里经营一个疗养胜地，弄好了，一年就可以挣两万。当然，我只会让极少数人知道这个秘密。现在，首要任务就是要射死那头畜生！"

"你和女巫一样！"波莉指责道，"满脑子都是屠杀！"

"然后，再说自己，"安德鲁舅舅继续做着美梦，"如果我定居在这儿，天知道我能活多久！对一个年过花甲的人来说，这真是值得考虑的头等大事。在这里，一点儿也不奇怪，我永远不会变老。实在是太美好了！年轻的土地啊！"

"哦！"迪格雷兴奋地大喊，"年轻的土地！你认为它真的是吗？"他自然记得，莱特阿姨对那个送葡萄的女人说过的话。那个美好的愿望又在他的脑海中闪现。"安德鲁舅舅,"他问,"你认为这儿有什么可以治好妈妈的病吗?"

"你在说什么?"安德鲁舅舅说,"这可不是药店。但就像我说的……"

"你一点儿也不关心她,"迪格雷气愤地说,"我还以为你会的!毕竟她是我的母亲,你的妹妹。不过没关系,我去问问狮子,看他能不能帮忙。"然后他转过身,轻快地走了。波莉迟疑了一下,也跟着去了。

"嗨!停下!回来!这孩子疯了!"安德鲁舅舅说。他小心翼翼地跟在孩子们后面,保持着一段距离。因为他既不想远离绿戒指,又不想太靠近狮子。

几分钟后,迪格雷走到树林边上,站住了。狮子仍在歌唱,但歌声又变了。这次的歌声颇似我们所说的调子,但更狂放不羁。这歌声使你想跳、想跑、想攀登、想大喊大叫、想冲向他人,拥抱他们或与他们搏斗。这歌声太振奋了,迪格雷听得脸上通红发热。安德鲁舅舅似乎也受了影响。因为迪格雷听见他说:"一个活泼的姑娘,老兄。她的脾气真是让人惋惜,但总的来说,她是个漂亮的女人,一个非常漂亮的女人。"然而,歌声对这两个人的效果根本无法与它对这片土地的效果相比。

你能想象一块草地像壶里的水一样沸腾吗?但这是对正在发生的事最恰当的描述。周围的草地都膨胀成一个个大小不同的圆丘。有的只有鼹鼠丘那么大,有的和独轮小车的大小相差无几,其中两个与小棚屋一般大小。这些圆丘移动着,膨胀着,直到泥土炸开后，每个圆丘里都钻出一种动物。鼹鼠爬出来时与你在英国见的鼹鼠出洞一模一样。狗一伸出脑袋就"汪汪"直叫，像从篱笆的窄缝里钻过时那样挣扎着。雄鹿是最有趣的，因为它们的角比它们身体的其他部分先伸出来很长时间，所以，一开始迪格雷以为那是树。青蛙从河边钻出来后，就"呱呱"地叫着，一蹦一蹦地跳到河里去了。花豹、黑豹一类的动物马上坐下来，掸（dǎn）掸后腿上沾的泥土，然后站起身，在树上磨前爪。林中传来阵阵鸟鸣。蜜蜂一秒钟也不愿耽误，刚出来就在花上忙开了，蝴蝶挥着翅膀飞舞着。但最壮观的是，当最大的圆丘像地震一样炸开时，

大象斜坡般的脊背、聪明的大脑袋和四条像穿着宽松裤子一般的大腿露了出来。现在，你几乎听不见狮子的歌唱了，满耳都是牛叫、马嘶、犬吠、鸟鸣……

　　虽然迪格雷听不见狮子唱歌了，但仍然能看见他。他那么高大，那么明亮，将他牢牢地吸引住了。其他动物似乎也不怕他。

就在这时，迪格雷听见阵阵马蹄声，那匹拉车的老马小跑着，从他身边过去，和其他动物站到一起了（这适合安德鲁舅舅的空气也适合它，它看上去不再像伦敦街头那可怜的老奴隶，它正扬起腿，高昂着头）。这时，狮子第一次安静下来。他在动物中巡视一番，时不时走到其中的两个面前（每次总是两个），用他的鼻子吻它们的鼻子：在花豹中挑出两头，在鹿群中挑出一头雄鹿和一头雌鹿，将其他的撇在一边。对有些种类的动物，他只是走过而已；但他吻过的动物都成双成对地离开自己的群体，跟在他后面。最后，他站住了，他挑出来的动物也走过来，围着他站成一圈。他没有吻过的动物开始散开，叫声逐渐消失在远方。他选出来的那些动物则静静地站着，眼睛都紧紧地盯着狮子。猫类动物偶尔摇摇尾巴，其他的动物全都一动也不动。那天，这个世界第一次这么寂静，只听得见淙（cóng）淙的流水声。迪格雷的心在猛烈地跳动，他知道神圣而庄严的事情就要发生了。他已经忘了妈妈，但他非常清楚，即使为了她，他也不能打扰这样的大事。

　　狮子从未眨眼，用他那灼人的目光凝视着动物们。逐渐，那些动物起了变化。小动物，如兔子、睡鼠等变大了许多。庞大的动物，这一点从大象身上最能看出来，小了一些。许多动物用后腿坐着，其中大多数都偏着头，似乎在努力试着理解什么。狮子张着嘴，却没有发声。像风刮起一排树一样，他呼出的绵长而温暖的气息可以将所有的动物都席卷而去。头顶上的遥远天空中，躲在蓝色天幕后面的星星又开始了新的歌唱。那是一种纯洁、清冷而难以理解的音乐。接着，从天上和狮子身上闪出一股耀眼的火光。孩子们身上的每一滴血都沸腾起来。一个他们从未听到过的最低沉最粗犷的声音说道：

　　"纳尼亚，纳尼亚，纳尼亚，醒来吧！去爱，去想，去说话。让树走动，让野兽说话，还有神圣的水。"

第十章

第一个笑柄及其他

当然，这是狮子的声音。孩子们早就觉得狮子会说话，但当他开口时，他们还是兴奋地吃了一惊。

原始野人从树后走了出来，还有树神、农牧神、森林之神和小矮人。河神和他的女儿们也从河里出来了。他们和所有的野兽及鸟儿用忽高忽低、忽浑厚忽清晰的声音回答：

"好啊！阿斯兰！我们都听见了！我们将服从你！我们醒了。我们爱，我们想，我们说话，我们懂了！"

"但是，我们还不是太懂。"一个带鼻音的声音好奇地问道。孩子们几乎跳了起来，因为说话的正是那匹拉车的马。

"老草莓，好样的！"波莉竖起大拇指说，"我很高兴他被选作会说话的动物之一。"站在孩子们身边的马车夫说："这太让我高兴了！不过，我以前就总说这匹马很有灵性。"

"动物们，我创造了你们！"阿斯兰愉悦、有力地说，"我把纳尼亚这片土地永久地给了你们！我给你们树木、果实和河流，给你们星星以及我自己！我没有挑选的哑兽也是你们的！要善待它们，珍惜它们！但不要回到它们中去，除非你们不再是会说话的动物。因为你们是从它们中选出来的，回到它们中就和它们一样了。不要回去！”

"是的，阿斯兰，我们不会回去。"动物们众口齐声地回答。但一只鲁莽的寒鸦又高声加了句："当然不会！"因为大伙儿都住口了他才说，所以，在一片寂静中，他的声音格外清楚。也许，你也知道，在一个聚会上这会很糟糕。寒鸦尴尬极了，他觉得自己这次丢脸丢到了家。此时他像睡觉一样把头埋在翅膀里，感觉到无地自容。其他的动物开始发出各种各样的笑声，而这些声音，在我们的世界里是从来没有听见过的。起先，他们还想憋住，但阿斯兰说：

"别怕，笑吧，动物们，既然你们不再是哑巴，不再愚钝，就不应该总是沉默不语。因为有了语言，就会有公道，也就会有玩笑。"

于是动物们无拘无束地笑起来了。在这种活跃、愉快的气氛中，那只寒鸦又鼓足勇气，跳上拉车马的头，站在马的两耳之间，拍着翅膀说道：

"阿斯兰！阿斯兰！我开了第一个玩笑吗？是不是以后大家都会知道我是怎样开第一个玩笑的？"

"不，小朋友，"狮子说，"你没有开第一个玩笑，你成了第一个笑柄。"其他的动物比刚才笑得更厉害。但寒鸦满不在乎，也跟着大声地笑，直到马一摇头，他站立不稳掉了下来。但在落地之前他想起了翅膀，便飞了起来（对他来说，翅膀还没用过呢）。

"现在，"阿斯兰说，"纳尼亚建立了。下一步，我们就要

想方设法保卫它的安全。我将从你们中挑选一些组成我的顾问班子。过来，你——小矮人头领，你——河神，你——橡树神和雄猫头鹰，你们两只渡鸦，还有公象，我们必须一起议事。虽然这个世界成立还不到五小时，一只恶魔已经进来了。"

他们走上前来，随着他向东走去。其余的则开始议论："他说什么已经进入我们这个世界了？那到底是什么？"

"哎呀，"迪格雷对波莉说，"我得跟着阿斯兰，就是那头狮子。我必须和他谈谈。"

"你认为我们能去吗？"波莉说，"我不敢。"

"我不能不去，"迪格雷说，"为了妈妈！如果说谁能提供治愈她的良方，那么肯定就是他了！"

"我和你们一起去吧，"马车夫说，"我很喜欢他的样子。我不认为别的动物会袭击

我们，我想和老草莓说句话。"

他们三人大胆地走着，或者说壮着胆子向动物们走去。动物们正忙着互相谈话和交朋友，直到这三人走近才发现他们。他们当然也没有听见安德鲁舅舅的声音。安德鲁舅舅穿着扣得紧紧的衣服正害怕得在发抖，站在远处大叫（但并没有使出最大的劲）。

"迪格雷！快回来，听我的话立即回来。我不许你再往前走一步。"

当最后他们走到动物中时，动物们全都停止了说话，注视着他们。

"唔，"雄河狸终于说，"以阿斯兰的名义，这些是什么？"

"请……"迪格雷呼吸急促地刚想说下去，一只兔子接嘴道："他们是一种大生菜，我相信。"

"不，我们不是，确实不是。"波莉急忙说，"我们不是可以吃的东西。"

"哈！"鼹（yǎn）鼠说，"他们会说话！谁听说过生菜会说话？"

"也许他们是第二个笑柄。"寒鸦说。

一直在洗脸的黑豹踌躇了一下，说道："嗯，如果是的话，也没有第一个好笑。至少，我看不出他们有什么可笑之处。"他打了一个哈欠，又继续洗脸。

"噢，对不起，"迪格雷说，"我很着急。我想见见狮子。"

马车夫一直试图吸引草莓的目光。现在他看见他了。"草莓，好伙计，"他说，"你认识我。你不会往那儿一站，就说不认识我吧？"

"那玩意儿在说什么，马？"几个声音问道。

"嗯，"草莓慢吞吞地说，"我不太清楚。我认为我们中的大多数都还不知道多少事情。但我觉得，我以前见过类似的这种玩意儿。我有种感觉，我过去住在别的什么地方，或者说我是另外一种身份，在阿斯兰唤醒我们的几分钟之前。一切都混混沌沌的，像一个梦，但梦里有他们三个。"

"什么？"马车夫说，"你不认识我？是我，在你不舒服时拿温热的饲料给你当晚餐，是我给你梳理鬃毛，你居然不认识我？当你站在冷地方时，我从没忘记给你盖点儿什么。没想到你会说出这种话，草莓！"

"现在想起来了！"马沉思着，"是的。让我想想——想想。对了，你过去老是把一个可怕的黑东西绑在我后面，然后抽打着我，使我往前跑。不管我跑多远，那黑东西都一直在我后面哐嘟哐嘟地拖着。"

"我们不得不挣钱过日子。"马车夫说，"你我是一根藤上的苦瓜。要是不干活儿不挨鞭子，就不会有马厩和干草，不会有谷糠和燕麦。我买得起燕麦的时候，你就能尝到一点儿。这一点谁也不能否认。"

"燕麦？"马竖起耳朵说，"对，我记得有那种东西。是的，我记得的事儿越来越多了。你以前总是坐在我后面的一个地方，而我总在前面跑，拉着你和那黑东西。我知道，所有的活儿都是我在干。"

"夏天时，我承认，"马车夫说，"你干活儿很热，我坐在凉快的地方。可冬天呢，好朋友。你能一直让自己暖和，我却坐在那儿，脚冻得像冰棍似的，鼻子都快让风给刮掉了，手也冻僵了，差点儿抓不住缰绳。"

"那是个难以忍受的残酷的国家！"草莓说，"那儿没有草，全是硬硬的石头。"

"太对了，朋友，太对了！"马车夫说，"那是个难以忍受的世界！我过去总说那些铺路石对任何马都不合适。那就是伦敦！我和你一样不喜欢。你是匹乡下马，我是个乡下人。过去我经常在教堂唱诗班里唱歌。我在老家曾经尝试用自己的歌声来讨生计。但在那儿没法活下去。"

"对不起，对不起，"迪格雷说，"我们能继续往前走吗？狮子已经走得越来越远了，我太想跟他说话了。"

"听我说，草莓，"马车夫说，"这个小先生有些心里话想对狮子讲，就是你们的阿斯兰。我想请你驮着他（他会很感谢你的）去找狮子。我和这小女孩在后面跟着。"

"驮？"草莓说，"噢，我想起来了。这就是说，坐在我背上。我记得很久以前，常有一个像你这样的两条腿的小动物坐在我上面。他常给我吃一种白色的硬硬的小方块。吃起来，唔，妙极了，比草都甜。"

"哦，那是糖。"马车夫说。

"草莓，请……"迪格雷央求道，"让……让我上去吧，带我去找阿斯兰。"

“好，我不介意，”马说，“不介意驮你一次。上来吧！”

“老草莓，好样的。”马车夫说，“来，年轻人，我托你一把。”迪格雷很快爬上了草莓的背，他感到舒服极了，因为他以前曾骑过自己那匹小马驹的光背。

“好了，走吧，草莓。”他说。

“我想，你身上没带那种白色的小方块吧？”马说。

“恐怕没带。”迪格雷说。

“唉，没办法了。”草莓说着，迈步向前走。

就在那时，一条大公狗认真地嗅了一阵，又看了很久说道："瞧，那儿不是还有一只这么奇怪的生物吗？在那儿，河边，树下。"

所有的动物都朝那边看去，看见了安德鲁舅舅笔挺地站在杜鹃花丛中，生怕被人发现。

“走！”几个声音说，“过去看看。”当草莓带着迪格雷轻快地朝一个方向跑去时（波莉和马车夫徒步走在后面），大多数动物一路吼叫着、狂吠着、咕哝着，发出各种兴高采烈的声音，向安德鲁舅舅奔去。

我们必须回过头去从安德鲁舅舅的角度来解释眼前发生的事。他的印象跟马车夫和孩子们的完全不同。因为一个人的见闻很大程度上取决于他所站的立场，以及他是哪种人。

动物们最初出现以来，安德鲁舅舅就一步一步地朝灌木丛退去。当然，他也仔细地看着他们，并不是对他们所做的事情感兴趣，而是看他们会不会朝自己这个方向跑来。他像女巫一样极端现实，他根本没注意到阿斯兰是从每种动物里选出一对，他只看见许多危险的野兽走来走去。他一直感到纳闷的是，为什么其他动物不逃离那头巨狮。

　　由于一个十分滑稽的原因，他错过了野兽们开口说话的伟大时刻。当狮子最初开始歌唱时，天还很黑，他也意识到那声音是一首歌，他很不喜欢那首歌。因为那歌使他想起并感觉到他不愿想也不愿感觉的事情。后来，当太阳升起时，他看见歌者是一头狮子（"只不过是一头狮子。"他对自己说）。他竭尽全力使自己相信他不是在唱歌．并且从来就没有唱过歌——只不过是动物园里的普通狮子发出的吼声。"当然，他不可能唱歌！"他想，"那是我的想象，我的神经有毛病了。谁听见过狮子唱歌？"狮子唱得愈久愈动听，他就愈加努力地使自己相信他听到的不过是吼叫。麻烦的是，你想使自己比实际上更愚蠢一些的时候，往往能够成功。安德鲁舅舅就是这样。很快，他从阿斯兰的歌声中便只听见狮吼了。即使他想听，也听不出别的内容。最后，当狮子张口说"纳尼亚醒来"时，他除了一声咆哮外，什么也没听见。当动物们回答阿斯兰时，他也只听见一阵混杂不清的叫声。而当他们开口笑时——你可以想象，这对安德鲁舅舅来说是最可怕的事情。

他一辈子从来没有听见过饥饿发狂的野兽发出如此恐怖的、残忍的、杀气腾腾的

喧嚣声。过后，当他看到那三个人真的朝动物们走去时，便感到愤怒和害怕极了。

"蠢货！"他自言自语道，"这下，那些畜生会把两个孩子连戒指一起吃掉，我再也不能回家了。迪格雷这小鬼多么自私呀！其他那两个也一样坏。如果他们不想活了，那是他们的事。可是我呢，他们好像就没想过我。没有人会想到我！"

最后，当一大群动物朝他跑来时，他转身逃命去了。现在任何人都看得出，这个年轻世界的空气确实对这老先生大有裨益。在伦敦，他已经老得跑不动了，而现在，他的速度完全能拿下英格兰任何一个预备学校百米赛的冠军。他的衣摆在身后飘来荡去，十分好看，但毫无用处。动物中有不少跑得很快，这又是他们有生以来第一次奔跑，便都迫不及待地想练练自己的肌肉。"追！追上他！"他们兴奋地大叫，"也许他就是那个邪恶的东西！嘿！

快跑！截住他！包围他！坚持！快跑！"

几分钟后，一些动物就超过了他。他们站成一排，拦住了他的去路，其他动物从后面追上，并将他包围。安德鲁舅舅无论从哪个方向看去，都感到可怕极了。大麋（mí）鹿的角和大象庞大的脸高耸在他面前。那些笨重而严肃的熊和野猪在他身后咆哮。表情冷漠的黑豹和花豹摇着尾巴，讥讽地（他这么想）盯着他。最令他心惊肉跳的是那么多张大嘴。动物们张口只是为了喘气，他却认为是要吃了他。

安德鲁舅舅东摇西摆地站在那里，浑身发抖。即使在最安全的时候，他也不喜欢动物，而是害怕它们。当然，长年累月地拿动物做实验也使他更加憎恨和害怕它们。

"先生，"那条斗牛犬用公事公办的口吻说，"你是动物吗？是蔬菜还是矿物？"但安德鲁舅舅只听见"汪——汪——汪——"的叫声。

第十一章
迪格雷和他的舅舅都陷入困境

你可能会认为，这些动物非常愚蠢，没能一眼看出安德鲁舅舅和那两个孩子以及马车夫都是同类。但你必须记住，动物们对衣服一无所知。他们觉得，波莉的外衣、迪格雷的诺福克套装以及马车夫的圆顶帽也是他们身体的一部分，就像他们自己的皮毛和羽翼一样。如果他们不与他们交谈，如果草莓也不那样想，他们就不会知道这三人是同类。而且安德鲁舅舅比孩子们高得多，又比马车夫瘦很多。除了白背心外（现在也已经不很白了），他全身都是黑的。在动物们眼里，安德鲁舅舅的灰发（现在很凌乱）与那三人身上的任何东西都不相似。他们自然感到迷惑。最糟糕的是，他似乎不会说话。

他曾经试过讲话。当公狗对他说话时（或者，按照他的想法，先是咆哮，后是对他咕哝），他举起发抖的手，上气不接下气地说："好小狗，嗯，可怜的老朋友。"但动物们根本听不懂，正如他也听不懂他们的话一样。除了含混不清的咝咝声外，他们什么也没听见。也许还是听不懂的好，因为我从未见过哪条狗愿意被人喊作"好小狗"，就像你不愿被叫作"我的小鬼"一样，更不用

说纳尼亚的会说话的狗了。

安德鲁舅舅一下昏倒在地。

"啊！"野猪感到害怕说，"它不过是棵树，我刚才就这么想。"

那条斗牛犬将安德鲁舅舅全身嗅了个遍，抬头说道："是动物！肯定是动物！而且很可能跟那几个是同类。"

"我不同意，"一头熊说，"动物不会像那样倒在地上的。我们是动物，我们就不会倒下去。我们站着，像这样。"他后腿立起，向后走了一步，绊倒在一根矮树枝上，仰面朝天跌倒在地上。

"第三个笑柄！第三个笑柄！第三个笑柄！"那只寒鸦无比激动地说。

"我仍然认为是树！"野猪说。

"是树的话，"另一头熊说，"上面也许会有蜂巢，也许有我爱吃的蜂蜜。"

"我敢肯定那不是树，"一头獾（huān）说，"我觉得他倒下之前想说什么。"

"那只不过是风吹动树枝的声音。"野猪说。

"你肯定不是说，"寒鸦对獾说道，"你认为它是一个会说话的动物吧！它什么也没说呀！"

"你们知道，"大象说（当然是母象，你还记得的话，她的丈夫被阿斯兰叫走了），"你们知道，它可能是某种动物。这块白的不像脸吗？那些洞不是眼睛和嘴吗？当然没鼻子。但是——啊——不必想得太狭隘了。确切地说，我们当中，只有极少数有那种被叫作鼻子的东西。"她斜视着自己的长鼻子，那种骄傲的神态是可以谅解的。

"我强烈反对这种说法！"斗牛犬激动了。

"象是对的呀！"貘（mò）说。

"我告诉你吧！" 驴子伶牙俐齿地说，"也许它是一种不能说话但觉得自己能说话的动物。"

"能让它站起来吗？"大象关心地说。她用鼻子将安德鲁舅舅柔软的身体轻轻一卷，并把他竖在地上，但不幸放反了，两枚面值为一金镑①的金币、三枚先令和一枚六便士硬币从他的衣袋里掉了出来。但没有用，安德鲁舅舅又倒了下去。

---

① 金镑：面值为 1 英镑的金币。

"啊哈！"几个声音说，"它根本不是动物，都不是活的。"

"我告诉你们，它是动物，"斗牛犬说，"你们自己闻闻吧！"

"气味并不能说明一切！"象说。

"为什么？"斗牛犬问，"如果连自己的鼻子都不能相信，还能相信什么？"

"也许应该相信头脑吧。"象温和地说。

"我强烈反对这种观点。"斗牛犬又激动起来。

"嗯，我们必须有所行动，"象说，"因为它也许就是邪恶，必须把它交给阿斯兰。大家是怎么看的呢？它是动物还是树呢？"

"树！树！"十几个声音激昂地回答。

"好！"象说，"那么，如果是树，它一定想被栽在土里。我们要挖个洞。"

两只鼹鼠迅速地完成任务。但他们对该栽哪一头意见不一，安德鲁舅舅极有可能被头朝下栽进土里。有几个动物说他的腿一定是树枝，那团灰色的毛茸茸的东西（指他的头）一定是根。但其他动物说，叉开的那一端沾了更多的泥土，而且向外伸展得更多，更像树根。最后，他直立着，被栽了起来，栽好以后，泥土盖到了他的膝盖。

"它看上去很干枯。"驴子说。

"当然，它需要浇水。"象说。

"我想我可以说（并非要冒犯在场的各位），也许，对这项工作，我的这种鼻子……"

"我强烈反对！"斗牛犬大叫。但大象默默地走到河边，用

鼻子吸满水，回来洒在安德鲁舅舅身上。这只聪慧的动物不断地浇着水，直到好多好多水浇到安德鲁舅舅身上，又从他外衣的边缘流了出来，犹如他穿着衣服洗澡。最后，他恢复了理智，从昏迷中醒了过来，彻彻底底地清醒了！但我们必须将他撇开，让他慢慢去想他做过的坏事（如果他还有可能做出如此有理智的事的话），我们去讲些更重要的事情。

　　草莓驮着迪格雷，一路小跑着前进，其他动物的声音渐渐远去，而阿斯兰和他选出来的那群动物议员们则靠得很近。迪格雷知道他不能打扰这个严肃的会议，而且也没有必要。阿斯兰说了句什么，公象、渡鸦以及其他所有的动物都闪开了。迪格雷翻身下马，发现阿斯兰正和他面对面地站在那里，他比他想象的更大，更美，更加金光闪闪，也更加可怕。他不敢注视他那双大眼睛。

"对不起——狮子先生——阿斯兰——阁下，"迪格雷说，"能否——能否请您，您能否给我一些这里的神奇果子来治疗我妈妈的病？"

他非常希望狮子会说"好的"，非常害怕他说"不"。但当狮子既没有说"好"也没有说"不"时，迪格雷吃了一惊。

"这就是那个男孩，"阿斯兰没有看迪格雷，而是看着他的顾问们说，"是这个男孩干的。"

"天哪，"迪格雷想，"我做了什么？"

"亚当的儿子，"狮子说，"有个恶魔般的女巫踏上了我新的国土纳尼亚。告诉这些动物们她是怎么来到这儿的。"

有许许多多的事情在迪格雷的脑海中闪现出来，但他很理智，除了将真相和盘托出外，也没什么可说。

"是我把她带来的，阿斯兰。"他低声回答。

"为什么？"

"我想把她带出我们的世界，让她回到她的世界去。我以为我把她带回她的世界了。"

"她是怎么到你们的世界去的，亚当的儿子？"

"靠——魔法。"

狮子不语。迪格雷知道自己讲得还太少。

"是我的舅舅，阿斯兰。"他说，"他用魔法戒指把我们送出我们的世界，至少，我是不得不去，因为他把波莉先变走了。后来，我们在一个叫禅城的地方遇见了女巫，她抓住了我们当……"

"你们遇见了女巫？"阿斯兰用低低的带有咆哮式的声音问道。

"她醒了。"迪格雷沮丧地说，然后，他脸色变得苍白，"我是说，我唤醒了她。因为我想知道如果我敲响了小金钟会发生什么事。波莉是不同意这么做的，不是她的错。我——我还和她抢起来。我知道我不应该。我想，我是有点儿被钟下面那些字迷惑住了。"

"是吗？"阿斯兰问，声音仍很低沉。

"不，"迪格雷说，"我现在知道错了。我是在找借口。"

接下来是长久的停顿。迪格雷一直在想，"我把事情全弄糟了。现在再也没有机会要治愈妈妈疾病的东西了"。

狮子再开口时，已不是对迪格雷说话了。"你们瞧，朋友们，"他说，"我给你们的这个崭新的、干净的世界，它诞生还不到七个小时，一个邪恶的力量就已经进来了，由这个亚当的儿子唤醒并带来的。"那些野兽，甚至包括草莓，全都把目光转向迪格雷，迪格雷真希望大地能将自己吞没。"不过别泄气，"阿斯兰说，仍然对着他的野兽们，"那个恶魔将给我们带来邪恶，但是还早。我会留神让最坏的事情都冲着我来。现在，我们要建立一种秩序，使得这里在数百年内都将是一片乐土。亚当的种族带来了灾祸，但也将帮助我们消除灾祸。走近些，你们另外两位。"

最后一句是对刚刚到达的波莉和马车夫说的。波莉紧紧地拉着马车夫的手，目瞪口呆地盯着阿斯兰。马车夫看了狮子一眼，摘下帽子来，谁也没有见过他不戴帽子的模样。这下，他看上去要更年轻漂亮些，更像一个乡下人而不像伦敦的马车夫。

"孩子，"阿斯兰对马车夫说，"我很早就认识你了，你认识我吗？"

"不，阁下，不认识，"马车夫说，"至少不是一般人说的那种认识。不过我觉得，如果我可以这么说的话，我们以前一定见过面。"

"很好，"狮子说，"其实你比你自己认为的更有悟性，你会越来越了解我的。你喜欢这片土地吗？"

"我在这儿非常快乐，阁下。"马车夫说。

"你想永远住在这儿吗？"

"你知道，阁下，我结了婚，"马车夫说，"我想，要是我妻子也在这儿，我们就谁也不想再回伦敦了。我们都是地地道道的乡下人。"

阿斯兰昂起满是蓬松鬃毛的头部，张口呼出长长的、不很嘹亮但有力的一声吼叫。波莉听得心跳加快。她敢肯定，那是一种呼唤，任何人听到这声呼唤，都想听从而且都能够听从。虽然她心中充满了好奇，但当一个看上去善良、诚实的年轻女人，不知从哪儿走出来，站在她旁边时，她并没有被吓一跳，或者感到十分震惊。波莉立刻明白，这就是马车夫的妻子，不是被任何折磨人的魔法戒指从我们的世界硬生生地拖过去的，而是如鸟儿回巢一般迅捷、简单、舒适地到了这里。那年轻女人系着围裙，袖子挽到肘部，手上还沾着肥皂泡，显然刚才正在洗衣服。如果能有时间换上好衣服（她最好的帽子上镶有樱桃），她看上去准会让人讨厌。那身朴实无华的衣服却使她显得相当可爱。

当然，她以为自己是在梦中，便没有马上跑到丈夫身边，问他到底怎么回事。但当她看见狮子时，她不那么肯定是在做梦了，然而不知什么原因，她也没露出非常害怕的神情。然后，她微微行了一个屈膝礼，那年月，一些农村姑娘也知道如何行屈膝礼。

接着，她走过去，拉住马车夫的手，站在那里，略带羞涩地四下环顾。

"我的孩子们，"阿斯兰看着他们两人说，"你们将是纳尼亚的第一任国王和王后。"

马车夫吃惊地张大了嘴，他妻子的脸也红了。

"你们将统治所有这些动物，要公正行事，当敌人入侵时保卫它们的安全。而且敌人是会来的，因为这个世界里已经有了一个恶魔般的女巫。"

马车夫用力吞了几次口水，清了清嗓子。

"请您原谅，阁下，"他说，"非常感谢您（我太太也感谢您），但我做不了这种事情。您知道，我没有受过很多教育。"

"那么，"阿斯兰说，"你会使用铲子和犁吗？会在地里种庄稼吗？"

"是的，阁下，我会干这种活儿，可以说从小就会。"

"你能善良地、公正地对待这些动物吗？记住，他们不像你出生的那个世界里的哑兽，他们不是奴隶，他们是会说话的动物，是自由的。"

"我懂，阁下，"马车夫回答，"我会公正地对待所有的动物。"

"你会教你的儿女、你的孙子孙女们这么做吗？"

"这需要我努力去做，阁下。我会尽全力的，是吗，蕾丽？"

"你不会在你的儿女中或在其他动物中培植亲信，让一部分人压制和奴役另一部分人吧？"

"我绝不会容忍这种行为的，真的，阁下。如果我撞见谁干这种事，一定会惩罚他们的。"马车夫说。（在这场谈话中，马车夫的声音越来越慢，越来越浑厚，更像他小时候在乡下时的声音，而不像他在伦敦当马车夫时那种尖而快的声音。）

"如果敌人来犯（因为敌人会来犯），战争打响，你会冲锋在前、撤退在后吗？"

"阁下，"马车夫缓缓地说，"如果不经磨炼，很难真正看清楚一个人。我敢说，我最终还是个温和的人，最多只用拳头打过架。但我会努力——就是说，我希望努力去尽自己的职责。"

"好，"阿斯兰说，"你将做一个国王该做的一切事情。你的加冕仪式即将举行。你和你的儿孙会得到保佑，有的将是纳尼亚的国王，有的将是南山那边阿钦兰的国王。至于你，小姑娘（他转向波莉），我们欢迎你。在禅城废墟塑像厅里，他伤到了你，你已经原谅他了吗？"

"是的，阿斯兰，我们已经和好了。"波莉说。

"这样很好，"阿斯兰说，"现在，该轮到男孩他自己了。"

第十二章
草莓远征

迪格雷紧闭嘴唇，感到越来越不自在。无论如何，他希望自己不要哭，也不要做任何可笑的事情。

"亚当的儿子，"阿斯兰说，"你是否准备纠正你的过错——在我美好的纳尼亚国诞生的第一天，你对她犯下的错误？"

"我不知道我能做什么，"迪格雷说，"你知道，那女巫已经跑了，而且……"

"我问的是，你是否准备这么做。"狮子说。

"是的！"迪格雷说。有那么一瞬间他涌出一个疯狂的念头，想说"你答应帮助治我妈妈的病，我就尽力帮你"，但他马上意识到，不能和狮子讨价还价。然而，他说出"是"的时候，他想起了妈妈，想到曾经有过的美好愿望如今全部灰飞烟灭，喉咙里便像堵了一个硬块似的，他含着眼泪脱口说道："可是，对不起，对不起——你愿意——你能给点儿什么医治我妈妈病的东西吗？"他本来一直看着狮子粗壮的前腿和两只巨爪，现在，绝望之下，他抬起头看着他的脸。他看到的是一生中最令他惊奇的事。狮子那张黄褐色的脸低垂下来，凑近他的脸，（最令人感到奇怪的是）

眼里闪烁着大颗大颗的泪珠。与迪格雷的泪珠相比，狮子的泪珠那么大，那么亮，迪格雷顿时感到，狮子似乎比他自己还更加真切地同情他的妈妈。

"我的孩子，我的孩子，"阿斯兰说，"我知道，的确太不幸了。这片土地上只有你和我懂得这一点。我们之间要相互理解，友好相处。但我必须为纳尼亚的生存做数百年的长远打算。你带进这个世界的女巫还会回来的，但不一定很快。我希望在纳尼亚栽一棵她不敢靠近的树，那棵树将保卫纳尼亚许多年不受她的侵犯。在乌云遮住太阳以前，这片国土将会有一个长久的明亮的早晨。你必须为我去取那树种。"

"是的，阁下。"迪格雷说。他并不知道如何去做，但觉得自己肯定可以做好。狮子长长地松了口气，将头低下来，吻了他。

迪格雷立刻感到，新的力量和勇气注入了他的身体。

"亲爱的孩子，"阿斯兰说，"我来告诉你怎么做。回头看看西方，告诉我你看见了什么。"

"我看见高耸的大山，阿斯兰，"迪格雷说，"我看见一条河跌下峭壁，形成一道瀑布。峭壁后面，高高的小山坡上是绿色的森林。再往后，有黑魆（xū）魆的更加高大的山脉。在更遥远的地方，是连绵的大雪山——像照片上的阿尔卑斯山一样。雪山后面，除了天空什么也没有了。"

"你看得很清楚，"狮子说，"瀑布就是纳尼亚的边界，一旦你到了峭壁上，就走出了纳尼亚，进入西方的原始国度了。你必须穿越那些高山，找到一条冰山环抱的绿色河谷，那里有一个蓝色的湖泊。湖的尽头，有一座绿色的陡峭的小山。山顶上有个花园，花园的中心有棵树。从树上摘一个苹果，带回来给我。"

"好的，阁下。"迪格雷又说。他根本不知道如何才能攀越那些高山峭壁，但他不愿说，生怕让别人觉得自己在找借口。可他还是说："我希望，阿斯兰，你不要很着急。我来回一趟不可能很快。"

"小小的亚当的儿子，你会得到帮助的。"阿斯兰说着转向那匹马。他一直静静地站在他们旁边，摇摆着尾巴驱赶苍蝇，偏着头听他们说话，似乎要理解这段对话有点儿困难。

"我亲爱的，"阿斯兰对马说道，"你愿意做一匹有翅膀的马吗？"

你要是在场的话，就能看见那匹马鬃毛摇晃、鼻孔大张、后蹄轻轻踏地的样子。显然，他巴不得成为一匹飞马。但他只是说："如果你希望，阿斯兰——如果你真的想——我不明白为什么会选中我——我不是一匹很聪明的马。"

"长上翅膀，成为天下飞马之父，"阿斯兰大吼一声，惊天动地，"你的名字叫草莓！"

那匹马吃惊地倒退了一步，在他拉车的悲惨岁月里，他可

能也像今天这样受过惊。然后，他站起来，扭着脖子，仿佛想捉住叮咬他肩膀的苍蝇似的。接着，犹如动物们先前从地里蹦出来一样，草莓的肩上钻出一对翅膀，越长越宽，越长越大，超过了鹰和天鹅的翅膀以及我们的世界里教堂窗户上天使的翅膀。这对翅膀的羽毛呈栗色和铜色。他猛地展翅，冲向空中，在阿斯兰和迪格雷头上二十多英尺高的空中，打着响鼻，嘶鸣，腾跃。围着他们转了一圈后，他降落下来，四蹄一并，看上去有点儿不熟练，有点儿惊讶，但十分欢喜。

"怎么样，草莓？"阿斯兰说。

"感觉很好，阿斯兰。"草莓说。

"你愿意让这个亚当的儿子骑在你的背上，到我所说的山谷去吗？"

"什么？现在？马上去？"草莓说，"快！上来吧！小子，我以前驮过像你这样的东西。很久以前，在有绿色田野和糖块的时候。"

"这两个夏娃的女儿在悄悄地说什么？"阿斯兰说着，突然转向波莉和马车夫的妻子。她们两人已经交上了朋友。

"对不起，阁下，"海伦王后（马车夫的妻子蕾丽现在的称呼）说，"我想，如果方便的话，这小姑娘愿意跟着去。"

"草莓有何意见？"狮子问。

"噢，驮两个孩子我不在乎。"草莓说，"但我希望大象不要上来。"

大象根本没想上去。纳尼亚的新国王帮助两个孩子骑上马背。

当然，他将迪格雷重重地一举，而把波莉当作一件易碎的瓷器一样轻手轻脚地托了上去。"他们坐好了，草莓，这一趟可不简单哦。"

"别飞得太高，"阿斯兰说，"不要想飞过那些高大的冰山。穿越河谷的绿色地带，总会找到一条路的。好了，祝你们一路平安！"

"噢，草莓！"迪格雷弯下腰，拍打着毛茸茸的马脖子，"太好玩了！抓紧我，波莉！"

很快，那片国土就被他们远远地抛在了下面。随着草莓像鸽子般一圈两圈地转着，大地也跟着旋转起来。然后，草莓转向西方，开始了漫长的飞行。波莉低头俯视，几乎看不见国王和王后了，连阿斯兰也只是绿草中一个亮亮的黄点。马上便有狂乱的风刮在他们脸上。草莓的翅膀有节奏地扇动起来。

整个纳尼亚展开在他们脚下，草地、岩石、石楠属植物和千姿百态的树木将大地染得五彩缤纷，蜿蜒的河流像一条水银带子。右望北方，小山的那一边，是一片缓缓斜升至地平线的沼地。左边的山高得多，但不时可见一个个峡谷。从那儿望过去，透过挺拔的松林，能瞥见南方蔚蓝的土地，远远地绵延伸展。

"那儿就是阿钦兰吧！"波莉说。

"是的，看前边！"迪格雷说。

悬崖峭壁在他们眼前竖起一道巨大的屏障，阳光在大瀑布上闪烁，令人眼花缭乱。来自西边高地的河水咆哮着，水花飞溅，流进纳尼亚境内。他们已经飞得很高，瀑布雷鸣般的巨响已变得很轻微。但他们飞行的高度还不能越过那些峭壁。

"我们要在这里做一阵'之'字形飞行，"草莓说，"你们抓牢了。"

他开始来来回回地飞，每次盘旋都飞得更高。空气越来越冷，风越来越大，脚下传来一阵鹰叫。

"喂，朝后看！看后面！"波莉说。

他们看见，纳尼亚向东延伸到地平线的尽头，那里有一片波光粼粼的大海。他们现在已经能看见参差不齐的群山，它们在北方沼泽的后面逶迤（wēi yí），显得很小。在遥远的南方，延伸着一片沙地一样的平原。

"我希望有人告诉我们那是些什么地方。"迪格雷说。

"我不认为那是什么特殊的地方。"波莉说，"我是说，那儿没有人，也没发生过什么事，这个世界今天才开始。"

"不，人终究要去的，"迪格雷说，"然后就会有历史，你知道的。"

"幸好还没有，"波莉说，"因为谁也不想去学那些事。战争、各种日期以及所有的那些废话。"

在谈话中，他们已经飞上了悬崖之巅。几分钟后，纳尼亚谷地就从后面的视野中消失了。他们沿着河流，飞行在一片蛮荒之地上，下面是陡峭的山坡和黑魆魆的森林。前面隐隐出现了雄伟的高山。阳光从正前方射来，使他们看不清前面的景物。这时，太阳正在落山，西边的天空像一个巨大的熔炉，装满了熔化的黄金。终于，夕阳降落在锯齿状的山峰背后，一片晚霞映衬着，仿佛那是从纸片上剪下的、清晰而失去了立体感的群山。

"这儿一点也不暖和。"波莉说。

"我的翅膀开始痛了,"草莓说,"阿斯兰说的那个有湖的山谷还看不见呢。下去找一个舒服的地方过夜怎么样?反正今天晚上我们到不了目的地。"

"好的,现在一定是晚饭时间了吧?"迪格雷说。

草莓越飞越低,当他们降到离地面很近的小山中时,天气暖和起来。在漫长的飞行中,除了草莓翅膀扇动的声音外,什么也听不见。现在,又听到地面上传来的各种亲切的声音,多么令人愉快啊!水从石头河床上潺潺地流过,微风沙沙地拂过树林。在太阳的炙烤下,泥土、青草和鲜花散发的沁人心脾的温暖气息扑面而来。草莓终于缓缓落地。迪格雷下来后又帮助波莉下马,两人都很高兴终于能舒展僵硬的腿了,他们的脸原本被高空的冷风吹得有点发青,下马后舒服多了。他们降落的山谷正好在群山中心,两边的雪山俯瞰着他们,夕阳将其中的一座山镀上了一层玫瑰红。玫瑰色的光彩映射在雪白的大山上闪闪发亮,现在他们的眼前都充满了这样的迷人色彩。

"我饿了。"迪格雷摸着肚子不好意思地说。

"来,美美地吃上一顿。"草莓说着,咬下一大口草。然后他抬起头,嚼着,嘴角边像胡须一样支出几根草梗。"你们两个快来吃。别不好意思,够我们三人吃的。"

"可是我们不吃草呀。"迪格雷说。

"嗯,嗯,"草莓嚼着满口的草,说道,"哦,嗯。那么,不知道你们要吃什么。多么好的草呀!"

波莉和迪格雷面面相觑。

"我想一定有人已经给我们安排好了晚餐。"迪格雷说。

"我敢说，如果你恳求阿斯兰，他会为你想到的。"

"不恳求他，他就想不到吗？"波莉说。

"毫无疑问，他会的，"马说（仍然嚼着满口的草），"但我认为他喜欢别人请求他。"

"那我们到底该怎么办？"迪格雷问。

"我肯定不知道，"草莓说，"除非你们试着吃点儿草，可能会比你们想象的要好一些。这些草鲜嫩多汁，十分美味！"

"唉，别说傻话了，"波莉跺着脚说，"人当然没法儿吃草，就像你不吃羊排一样。"

"看在上帝的分上，别提什么羊排了！"迪格雷无奈地说，"这

样只会更糟。"

他说，波莉最好靠戒指回家取些吃的，他自己不能去，因为

他已经答应阿斯兰要直接去完成任务。而一旦回到家中，可能会发生什么事使他难以返回。但波莉说她不离开他，迪格雷说她太好了。

"哎呀，"波莉说，"我的口袋里还剩一些太妃糖，总比没有吃的好吧。"

"好极了，"迪格雷说，"但手伸进去时要小心，别碰着戒指。"这件事非常棘手，搞不好就会弄砸，但最后还是成功了。他们拿出来的小纸袋又软又湿，黏糊糊的，所以，从糖上撕下纸袋要比从口袋里拿出糖来更困难。有些大人——你知道他们遇到这种事时会如何大惊小怪地瞎忙乎一阵——宁愿不吃晚饭也不愿吃那些太妃糖。糖一共有九颗。迪格雷想出一个好办法，每人吃四颗，将第九颗种在地里。他说："从灯柱上取下的铁棒都能长成一个小灯柱，这颗糖为什么不能长成一棵太妃糖树呢？"于是，他们在草皮上挖了一个小洞，埋下了那颗太妃糖，然后，开始吃剩下的八颗，尽可能久地慢慢品味。那是一顿糟糕的晚餐，即使糖纸全部粘在糖上面，他们也不得不吃下去。

草莓吃完丰盛的晚餐后躺了下来，孩子们坐在他的两边，靠着他温暖的身体。他伸开翅膀盖住他们，使他们感觉温暖、舒适。当新世界明亮而年轻的星星升起来时，他们开始谈天说地：迪格雷当初多么希望，能为妈妈弄点儿治愈疾病的良药，后来又是如何被派遣来执行这项任务。他们一再提及他们要找的那个地方的特征——蓝色的湖泊，山顶上有座花园。直到睡意袭来，他们的谈话才减慢了。突然，波莉惊醒，坐了起来："嘘！"

三个同伴竭尽全力地仔细倾听。

"也许只是树林间的风声吧。"过了一会儿迪格雷说。

"不敢肯定，"草莓说，"不管怎么说——等等！有动静。我以阿斯兰起誓，一定是有什么。"

马猛地一蹶（juě），发出很大的响声，匆忙爬了起来。孩子们已经站好了。草莓前前后后地小跑着，嗅着，发出低低的嘶鸣。孩子们蹑手蹑脚地在每一丛灌木和每一棵树后巡查。他们一直认为自己看见了什么。有一次，波莉非常肯定地说，她看见一个高大的黑影迅速地溜向西方，但他们什么也没有找到。最后，草莓又躺下了，孩子们依偎在马的翅膀下，很快就睡着了。草莓好长时间都醒着，在黑暗中前后甩动他的耳朵，有时皮肤轻轻地战栗一下，似乎有只苍蝇落在他身上，但最后他也睡着了。

第十三章
不期而遇

　　"醒醒，迪格雷。醒醒，草莓。"波莉兴奋地喊道，"太妃糖树已经长出来了！这是最美好的早晨！"

　　初升的朝阳照进树林，草叶上裹着一层晶莹的露珠，蜘蛛网上银光闪闪。就在他们身旁，长出了一棵与苹果树一样大小的颜色极暗的树。白白的树叶形似纸张，很像一种叫作缎花的草药，上面挂着枣儿一样的褐色小果实。

　　"哈！"迪格雷说，"可我要先去洗个澡。"他迅速穿过几丛开花的灌木来到了河边。阳光下，山里的河水在红、蓝、黄三色石头上形成许多小瀑布奔涌而来，你曾在这样的河里洗过澡吗？跟在海里一样美妙，某些方面还更好些。当然，他只好不擦干身子就穿上衣服，但即使这样也很值得。他回来后，波莉也去洗了一次澡。至少她自己说她洗了澡，但就我们所知，她游泳不行，也许最好不要问得太多。草莓也去了一次，但他只是站在河水中，俯身长长地喝了一口水，然后甩甩鬃毛，欢快地长嘶了几声。

　　波莉和迪格雷开始对太妃糖树采取行动。果实很好吃，跟太妃糖不完全相似，软一些，而且多汁——是一种吃了便令人想到太妃糖的水果。草莓也美美地吃了一顿早餐，他试着尝了一个太妃果，很喜欢。但又说，在早晨的那个时候，他更喜欢吃肥美的青草。然后，孩子们有点儿艰难地爬上了马背。第二天的旅程又开始了。

今天的情况稍好于昨天，因为大家都感到神清气爽。而初升的太阳又在他们背后，因此，周围的景致就比阳光从前面射来时，显得更美丽一些。这是一段奇妙的飞行，四面八方都耸立着高大的雪山，底下的深谷里一片苍翠，从冰山上流下来注入那条

大河的溪涧全部是蓝色的。他们像飞行在巨大的宝石上，看着这样的美妙绝伦的景色，心里盼望着这段旅行能延续得更长些。然而，过了一会儿，他们便闻到一股味道。"是什么？""你闻到了吗？""这味道是从哪儿来的？"前面飘来一股似乎是从世上最美好的果实和花卉中提炼出的温馨、浓郁的奇香。

"是从一个有湖的山谷里飘来的。"草莓耸动着自己的鼻子说道。

"是的，"迪格雷说，"快看！湖那边有座绿色的山。看，湖水多蓝！"

"肯定就是这个地方！"三个声音一齐肯定地说道。

草莓绕着大圈，越飞越低，冰峰则越变越高。空气每一秒钟都更加暖和、甜美，几乎使你热泪盈眶。草莓一动不动地伸开他那巨大的双翅滑行着，马蹄随时准备着陆。那座陡峭的绿色小山向他们迎面扑来。很快，草莓就稍微有点儿不熟练地落在了山坡上。孩子们翻身下马，稳稳当当地站在温暖柔软的草地上，轻轻地喘着气。

这里离山顶还有四分之一的路程，他们顾不得欣赏周围的美景，立即向上爬去（我认为草莓如果没有那对翅膀时不时地扇动一下帮助他维持平衡的话，他是很难上去的）。山的最高处被一圈绿色的草墙围了起来。墙内密密麻麻地栽着树，深褐色的粗壮树枝像不满被关在院子里的孩子一样伸出墙外。叶子在风中闪出绿色、蓝色和银色的光芒，随着风的吹拂，伴随着"沙沙"的声音，叶子的颜色不断地变换。当三位旅行者到达山顶时，他们在绿墙外绕了几乎整整一圈，才找到面向正东、紧闭着的高大金门。

直到现在，我还认为草莓和波莉曾经想过和迪格雷一起进去，但他们很快就打消了这个念头。你从未见过如此幽静的地方，一看就知道是私人所有。除非负有特殊使命，只有傻瓜才会不经主人同意私自走进去。迪格雷马上就明白别人不会也不能和他一起进去。他独自向里面走去。来到门前，他看见金门上写着一些银色的字，大意是这样的：

从金门走进，或者留在外面，
为他人摘取果实，或者克制欲望。
因为那些偷窃和跳墙的人
会如愿以偿，也会丧气绝望。

"为他人摘取果实，"迪格雷对自己说，"好，这就是我要做的事。就是说，我自己一点儿也不能吃。我想，我不懂后面两行字是什么道理。要是可以从门进来谁愿意爬墙呢？但这门怎么开？"他试着把手放在上面，门一下子朝里面打开了，铰链转动时没发出一点儿响声。

现在他可以看清里面的情形了，这里比先前更显得幽寂。他环顾四周，怀着神圣的心庄严地走了进去。里面悄无声息，矗立在花园中心的那座喷泉也只是发出极其微弱的声音。他的周围弥漫着一股甜蜜的果香味。那是个令人愉快但又十分严肃的地方！

他立刻就认出了要找的树，因为那棵树就在正中，树上银色的大苹果将光投射到阳光照射不到的阴暗处。他径直走过去，摘下一个苹果放在他的诺福克上衣贴胸口袋里，但他在放进去之前又情不自禁地看了看，闻了闻。

这一看一闻不要紧，一阵极度的饥渴袭来，他突然非常想尝一尝那个苹果。他赶紧把它放进口袋。但树上还有那么多，尝一个有什么错呢？他想，门上的告示不一定就是禁令，可能只是一个劝告，谁在乎劝告呢？或者即使是禁令，他吃了一个苹果就不对吗？他已经做到"为他人"取苹果了。

他想着想着，不经意地抬起头，透过树枝一直看到树顶。一只神奇的鸟儿正栖息在他头上的一根树枝上。说栖息，是因为它似乎睡着了，但也许并没有真正睡着，它的一只眼睛睁开一条细得不能再细的缝隙。那只鸟比最雄壮的鹰还大，胸部呈橘黄色，头上的冠毛杂有猩红，尾巴是紫色的。总之，这是一只颜色艳丽、十分奇特的鸟儿！

"这恰恰说明，"迪格雷后来讲起这个故事时说，"在这种有魔法的地方，你无论如何仔细都不过分。你无法知道什么东西正监视着你。"但我敢肯定，不管怎样，迪格雷是不会为自己摘苹果的，因为那时候，在男孩们的心目中，"不偷窃"之类的观念比现在牢固得多。但我们仍然没有十分的把握，因为这些银色的散发着阵阵迷人香味的苹果的诱惑力实在令人难以想象。

迪格雷看到这只鸟儿后，觉得自己刚才的想法是错误的。作

为一个有教养的孩子，怎么能趁主人不在就偷东西呢。这只鸟儿
让他打消了这个主意。转身向大门走去时，他停下来最后朝四下
里看了一眼，等下还得跟波莉说说这里的景色呢。就在这时，他
吓了一大跳，原来不光他一个人在这儿。几步开外，站着那个女巫。
她正在扔掉她吃剩的苹果核。那苹果汁的颜色比你想象的要深些，
她的嘴边还留下了一圈令人厌恶的痕迹。迪格雷马上就猜到，她
是翻墙过来的。而且，他开始明白最后一行"会如愿以偿，也会
丧气绝望"可能是有含义的。因为女巫看上去比以前强壮、傲慢，
甚至在某种程度上更加得意扬扬，但她的脸却苍白得像盐一样。

　　迪格雷心中很快闪过这些念头，他马上抬起脚，尽快朝大门
跑去。这时，女巫也已经发现了他，在后面穷追不舍。迪格雷一
出来，门就自动合上了。这使他领先一步，但不一会儿，当他高
喊着"快，波莉！上马！快飞，草莓！"冲到他同伴身边时，女
巫已爬过墙或者说跳过墙追了过来，又紧跟在他身后了。

　　"站住，别动！"迪格雷大声说道，转身对着她，"否则，
我们就全部消失了！一步也不准靠近！"

　　"傻孩子，"女巫说，"你干吗逃呀？我又不会伤害你。如
果你不停下来听我说，你会漏掉一些能使你终身幸福的知识。"

　　"我不想听，谢谢。"迪格雷说。其实他是想听的。

　　"我知道你是来干什么的。"女巫继续说道，"因为昨天夜
里在树林中就是我藏在你们身边，听到了你们的议论。你已经从
那边花园里摘下苹果，装在口袋里了。你将一口也不尝就带回去
给狮子，给他吃，给他用，你这个傻瓜！你知道这是什么果吗？

我告诉你，这是青春果、生命果。我懂，因为我已经吃了。我已感到我自己身上发生了变化，我知道我不会老也不会死。吃吧！孩子，吃了它！你和我都会长生不老，做这个世界的国王和王后，或者我们决定回去的话，也可以去你们的世界称王。"

"不，谢谢。"迪格雷说，"我不知道自己是不是在每一个认识的人都死了以后还想长久地活下去。我宁肯活到自然的年龄就死去，然后进天堂。"

"可你的妈妈怎么办呢？你装得那么爱她。"

"她跟这事儿有什么关系吗？"迪格雷说。

"你还不明白？傻瓜！她只要吃上一口那种苹果就会好。你的口袋里有。我们自己在这儿，狮子离得很远，使用魔法回到你自己的世界去。一分钟后你就可以把苹果送到你妈妈的床边了。五分钟后，你就会看到她的脸上有了血色。她将告诉你疼痛消失了。很快，她又会说感到强壮多了。然后，便能睡着了——想想吧！不痛也不吃药地酣睡上几个小时。第二天，谁都会说她恢复得多么神奇。她很快就完全好了！一切都会变好，你和其他孩子一样，又会有一个幸福的家庭！这是多么美好的事情！这不正是你所希望的吗？！"

"噢！"迪格雷像受了伤似的用手摸着头，喘着气。他知道最可怕的选择摆在了他面前。

"狮子对你有什么好处，你情愿给它当奴隶？"女巫继续劝道，"一旦你回到自己的世界，谁也不能把你怎么样。要是你妈妈知道你本来可以解除她的痛苦，恢复她的健康，而你却不愿意，宁肯为与你们毫不相干的陌生世界里的一只野兽效劳，她会怎么想呢？"

"我——我不认为他是野兽！"迪格雷用嘶哑的声音说，"他是——我不知道——"

"他比你想象的更坏！"女巫说，"看看他是怎样对待你的吧：你看他把你变得多么没有心肝。每一个服从他的人都会这样的。残忍的、没有同情心的孩子！你宁肯让自己的妈妈死而不愿……"

"啊，别说了！"悲伤的迪格雷依旧用嘶哑的声音说，"你以为我不明白这个道理吗？但我……我答应了。"

"嗨，可你当时并不明白你答应了什么。在这里谁也不能阻拦你！"

"妈妈自己，"迪格雷艰难地吐出几句话，"也不会喜欢那种做法的——她对我很严格，要我遵守诺言——不要偷东西——以及所有这一类的要求。如果她在这儿的话，一定不会让我那样做的！"

"但她没有必要知道，"女巫继续甜甜地诱惑道，你想不出一个长相那么凶的人能说出那么甜美动听的话语，"你不用告诉她你是怎样弄到苹果的。你的世界里谁也不需要知道这件事的来龙去脉。而且，你也不必把那小女孩带回去。"

这正是女巫致命的错误所在。迪格雷当然知道波莉可以靠自己的戒指回去，跟他靠自己的戒指回去一样容易。但显然女巫不知道这一点。她要他丢下波莉隐瞒事实，这卑鄙的建议使她刚才说过的一切全都成了假话和空话。迪格雷即使正沉浸在悲哀、矛盾之中，头脑也很快清醒了，他说（声音变了，响亮得多）："喂，你怎么知道这么多事情？为什么突然之间对我妈妈如此关心？她跟你有什么关系？你想干什么？"

"好样的，迪格雷，"波莉在他耳边悄声说，"快！马上走！"在整个争论的过程中，她不敢说什么。因为，你知道，快死的不是她的妈妈。

"上马！"迪格雷说着将她举上马背，然后自己尽快地爬了上去，草莓展开翅膀飞上了天空。

"走吧，傻瓜们！"女巫叫着，"当你老了，虚弱得快死的时候就想想我，小男孩！记住你是怎样把永葆青春的机会扔掉的，机不可失，时不再来。到时候你就后悔去吧！"

他们已经飞上了高空，只听见她的声音，但听不清她在说什么。女巫也不愿浪费时间目送他们，只见她朝北边的山坡走去了。

那天早上，他们走得很早，花园里发生的事没有耽误太多的时间，草莓和波莉都说他们可以很容易地在天黑前赶回纳尼亚。回去的路上，迪格雷一言不发，其他两位也不好意思与他说话。他极度悲哀，一直拿不准自己是否做对了，但只要他想起阿斯兰眼中闪烁的泪光，他就坚信自己没有错。

一整天，草莓都不知疲倦地扇动着翅膀，稳稳地飞行。越过高山，飞过森林覆盖的原始山区，过了大瀑布，高度越来越低，一直飞到在高大岩壁投下的阴影中显得灰暗无光的纳尼亚林区。最后，背后的天空被夕阳染得绯红。他看见河边聚集了许多动物，很快就看见阿斯兰也在其中。他飞得更起劲了，加快了速度。草莓收了双翅，伸开四蹄滑了下来，慢跑着落在地上。停稳后，孩子们下了马。迪格雷看见所有的动物、小矮人、森林之神、河泽仙女等全都朝两边退去，为他留出一条路来。他径直走到阿斯兰跟前，将苹果递给他，说："阁下，我把你想要的苹果摘来了。"

第十四章
栽树

　　"干得好！"阿斯兰用震撼大地的声音说。迪格雷知道所有的纳尼亚公民都听到了。他们的故事在那个新世界里将由父辈传给儿子、儿子传给孙子这样永远流传下去。然而他并没有陷入骄傲自满的状态，因为，现在他面对面地看着阿斯兰的时候，根本就没有想到这一点。这次，他发现可以正视狮子的眼睛。他已经忘记了自己的难处，忘记了自己正受病痛折磨的母亲，完完全全地心满意足了。

　　"干得好，亚当的儿子！"狮子又说，"你曾经渴望得到这只苹果并为它流过泪，只有你的手可以栽下这颗用来保卫纳尼亚的树种！将苹果朝河边的松土扔过去吧。"

　　迪格雷照做了。大家都安静下来，苹果掉进泥里时发出的轻柔响声也很清楚。

　　"扔得好！"阿斯兰说，"现在，让我们为纳尼亚的弗兰克国王和他的海伦王后举行加冕典礼。"

　　孩子们现在才注意到这一对夫妻。他们穿着奇特而美丽的衣服，华贵的长袍从肩上一直拖到地上，四个小矮人托起国王的袍尾，四个河泽仙女托起王后的裙摆。他们的头上没有装饰，但海伦把头发披了下来，显得更加动人。不是头发也不是服装使他们与过去迥然不同，而是脸上有了一种崭新的表情，尤其是国王的神情与之前有了天壤之别。他在伦敦当马车夫时养成的尖刻、狡诈和好争吵的脾气全部被涤荡一空，勇敢和善良的本性则比较明显。也许，是这个年轻世界的空气或与阿斯兰的谈话产生了这样的效果，也许两者兼有。

"天哪，"草莓悄悄对波莉说，"我的老主人几乎与我一样大大地变了，他现在是个真正的主人了。"

"是的，但别在我耳边叽叽喳喳，"波莉说，"太痒了。"

"现在，"阿斯兰说，"你们去把缠在一起的那几棵树松开。让我们看看里面到底是什么。"

迪格雷这才看见，四棵树紧紧地长在一起，树枝相互缠绕纠结，形成一个像笼子似的东西。两头大象用鼻子，几个小矮人用小斧头很快就分开了那些树枝。里面有三样东西：一棵似乎是金子做成的小树；另一棵像是银子做的小树；但第三样东西模样太惨，衣服上涂满泥浆，弓腰缩背地夹在两棵树之间。

"哦！"迪格雷低低地喊了一声，"安德鲁舅舅！"

我们必须倒回去才能解释清楚。你记得动物们曾试着把安德鲁舅舅栽进土里并且浇了水吧？当水使他头脑清醒时，他发现自己浑身湿透，大腿以下全部埋在土里（土很快就变成了泥浆），被他做梦也想不到的众多野兽包围着。自然他开始尖声号叫。从某种意义上讲，这是一件好事，因为，最终动物们（包括野猪）

知道他还活着。于是，他们又把他挖出来（此刻，他的裤子着实会吓人一跳）。腿一出来，他就想跑，但大象用鼻子在他腰上轻轻一卷便拦住了他。每个动物都认为必须将他安全地囚起来，直到阿斯兰有空过来看了以后再行发落。所以，他们就做了一个笼子或者说棚子将他圈了起来。然后，用他们想得到的所有食物来喂他。

　　驴子将他最喜欢吃的一大堆蓟（jì）扔进笼子，但安德鲁舅舅似乎并不理睬；松鼠们连珠炮似的砸下许多坚果，但他只是用手遮头，想法躲开；几只鸟儿忙碌地飞来飞去，向笼子里投下虫子。

那头熊尤其善良，那天下午，他发现一只野蜂的蜂巢，高尚的熊自己都舍不得吃（他其实非常想吃），兴高采烈地摘下了蜂巢带回来给了安德鲁舅舅。然而，这是最失败的一招。熊把那团黏糊糊的东西挂在笼子的顶上，不巧打着了安德鲁舅舅的脸（不是所有的蜜蜂都死了）。那头熊自己毫不在乎安德鲁舅舅的脸被蜂巢打了一下，也就无法理解他为什么看见那个蜂巢就蹒跚着往后退，还滑了一跤，跌坐在地。非常不幸的是，他往后退的时候又坐在了那堆蓟上。"无论如何，"像那头野猪说的，"不少蜂蜜流进了那东西的嘴巴，一定会对他有好处。"他们对这个奇怪的宠物真正地感兴趣起来，并希望阿斯兰允许他们饲养他。较聪明的一些动物十分肯定地说，他嘴里发出的声音中至少有一部分是有意义的。他们叫他"白兰地"，因为他常常发出那个声音。

然而，最后，他们不得不把他留在那里过夜。那天，阿斯兰一直忙着指导新的国王和王后，或做其他重要的事情，无法过问可怜的老"白兰地"。那么多苹果、梨子、坚果和香蕉扔了进去。安德鲁舅舅的晚餐相当丰盛，但要说他度过了一个愉快的夜晚，却很不实际。

"把那东西带出来！"阿斯兰说。一头大象用鼻子将安德鲁舅舅卷了起来，放在狮子脚边，他吓得无法动弹了，只能惊恐地盯着阿斯兰。

"对不起，阿斯兰，"波莉说，"你能说点儿什么——让他别害怕吗？然后再说点儿什么让他以后别再来这儿吗？"

"你认为他想来吗？"阿斯兰说。

"嗯，阿斯兰，"波莉说，"他可能会派别人来。从灯柱上扭下的铁棒竟能长成小灯柱，这使他很激动，他想——"

"他的想法非常蠢，孩子，"阿斯兰说，"这个世界在这几天里充满着生命力，是因为给它注入生命力的歌声还飘逸在空中，回荡在地上。这是不会持续很久的！可是我不能跟这老无赖说这些，我也无法安慰他。他弄得他自己无法听懂我的话。如果我对他说话，他只会听到咕哝和咆哮。啊！亚当的孩子，你们抵抗了对你们有好处的所有诱惑，多么聪明！但我会把他能够接受的唯一礼物送给他。"

他神情悲戚地低下巨大的头，朝魔法师受惊的脸上吹了一口气。"睡！"他说，"睡吧，把你自找的烦恼丢开几小时吧！"安德鲁舅舅立即合上眼皮，倒在地上，神情安详地睡着了。

"把他弄到一边，让他躺着。"阿斯兰说，"好吧，小矮人，施展你们的铁匠手艺。让我看着你们给国王和王后做两个王冠。"

做梦也想不到的许许多多的小矮人朝那棵金树奔去。眨眼间，就把树上的全部叶子和一些枝丫摘了下来。孩子们现在知道，那棵树不光是金色的，而且的确是柔软的金子。它当然是从安德鲁舅舅被倒立时口袋里的金币落地的地方长出来的，就像银币落地会长成银树一样。小矮人不知从哪儿弄来一堆做燃料的干灌木，还有一个小铁砧、几把铁锤、钳子和风箱。不一会儿，火就烧旺了，风箱拉得呼呼地响（小矮人们很喜欢自己的工作），金子熔化了，铁锤"叮叮当当"地敲打起来。刚才被阿斯兰派去掘地的两只鼹鼠（它们最喜欢掘地）把一堆珍贵的宝石倒在小矮人脚下。小铁匠们灵巧的双手做成了两顶王冠——不像现在欧洲的王冠那样笨重、丑陋，而是两个轻巧、精致、造型优美的圆环，真的可以戴上，而且戴上后会更漂亮的王冠。国王的王冠上镶着红宝石，王后的王冠上镶着绿宝石。

王冠在河水中冷却后，阿斯兰要弗兰克和海伦跪在他面前，他将王冠给他们戴上，然后说："站起来，纳尼亚的国王和王后！你们将是纳尼亚、各个岛屿及阿钦兰许多国王的父母。要公正、仁慈、勇敢！祝福你们！"

大家全都欢呼、狂吠、嘶鸣，或拍打翅膀，或发出喇叭一样的声音。国王夫妇站起来，表情庄严，略带羞涩，但羞涩使他们看上去更加高贵。迪格雷正在欢呼，耳边响起阿斯兰低沉的声音："看！"

每个人或动物都转过头去，十分惊喜地深吸了一口气。一棵显然是才长出来的树挺立在几步开外的地方，枝丫已覆盖到他们头上。那棵树一定是他们忙着给国王和王后加冕时静悄悄地长起来的，就像挂在旗杆上的旗子升上去时那么迅捷。它伸出的树枝投下了一片光，而不是一片阴影。每一片叶子下，隐约看见犹如星星般的银色苹果。然而，是它发出的气味而不是它的形象使他们深吸了一口气。一瞬间，你很难再想别的事了。

"亚当的儿子，"阿斯兰说，"你栽得很好。你们，纳尼亚的公民，保卫这棵树是你们的首要任务，因为它就是你们的盾。我跟你们说的那个女巫已经逃到北边的山里去了。她会在那儿住下来，靠邪恶的魔法越长越强壮。但只要这棵树枝繁叶茂，她就绝不敢进入纳尼亚。她不敢走近到离这棵树一百里以内，因为这棵树的气味能给你们带来欢乐、生命和健康；对她来说，却是死亡、恐惧和绝望。"

每个人或动物都庄严地凝视着那棵树。突然，阿斯兰头一甩（毛发上金光闪烁），紧紧地盯着孩子们。"什么事，孩子们？"他低头轻声地说。因为他看见他们正低声耳语，并互相用肘轻轻推挤。

"啊——阿斯兰，阁下，"迪格雷红着脸说，"我忘了告诉你，女巫已经吃了一个苹果，跟这树上结的一模一样。"他没有完全说出真实的想法，但波莉马上替他说了。（和她相比，他更害怕被人看成傻瓜。）

"所以，我们认为，阿斯兰，"她说，"一定出了问题，她不会真正在乎那些苹果的味道的。"

"你为什么这么想，夏娃的女儿？"狮子问。

"嗯，她吃了一个。"

"孩子，"他思索了一下回答说，"这样一来，所有剩下的苹果对她来说都很可怕。对那些在错误的时间用错误的方法摘苹果、吃苹果的人，就会产生这样的结果。果子很好，但他们以后会永远厌恶它。"

"哦，我明白了，"波莉说，"我想，因为她摘得不对，苹果对她就不起作用。我是说，就不会使她永远年轻。"

"啊，不，"阿斯兰摇着头说，"她如愿以偿了，她像女神一样有永不枯竭的力量和无尽的天年。但如果一个人有一颗邪恶的心，活多久就会烦恼多久，她已经开始懂得这一点了。他们这些人要什么有什么，但他们不见得总喜欢这样。"

"我——我自己差点儿吃了一个，阿斯兰。"迪格雷说，"我——我会……"

"你会的，孩子，"阿斯兰说，"因为苹果总是要起作用的——必须起作用——但不会对那些为了自己的私欲而偷摘它的人有好结果。如果任何一位纳尼亚公民不听劝告，偷一个苹果，然后栽在这里保卫纳尼亚，当然它就会保卫纳尼亚。但是，它会把纳尼亚变成禅城那样强大而残酷的帝国，而不是我所希望的这种友爱的国家。女巫还诱惑你干另一件事，不是吗，我的孩子？"

"是的，阿斯兰。她要我摘一个苹果带回家给妈妈。"

"要知道，这也会治好她的病，但不会给你或她带来欢乐。如果你那样做了，总有一天，你和她回想起这件事时，会说，当初还不如病死的好。"

眼中的泪水噎得迪格雷说不出话来。他放弃了救妈妈性命的全部希望；但同时他也明白，狮子对于会发生的一切都了如指掌，也许有些事情比一个你所爱的人去世还要可怕。

这时，阿斯兰又说："如果偷一个苹果，结果就和我刚刚说的那样。但现在不会发生这样的事。我现在给你的苹果会带来欢乐。在你们的世界里，它不会使人长生不老，但能够治病。去吧，从树上摘一个苹果给你妈妈。"

一时间，迪格雷简直被弄糊涂了，好像整个世界都颠倒混乱了，他还没有理解阿斯兰话里的意思。然后，他仿佛做梦一样，向那棵树走去。国王和王后为他欢呼，动物们也都为他欢呼。他摘下苹果，放进口袋，回到阿斯兰身边。

"对不起，"他说，"现在我们可以回家了吗？"他忘了说"谢谢"，但他有这个意思，而阿斯兰也理解他。

第十五章

这个故事的结束及其他故事的开始

"有我在，你们不需要戒指。"阿斯兰说。孩子们眨眨眼，左顾右盼，一下子又到了各个世界之间的树林。安德鲁舅舅躺在草地上，仍然安睡着。阿斯兰站在他们旁边。

"来，"阿斯兰说，"你们该回去了。但要注意两件事，一个是警告，一个是命令。看这儿，孩子们。"

他们看见草中有个小坑，坑底长满温暖而干燥的草。

"你们上次来的时候，"阿斯兰说，"这儿还是一个水潭。你们跳进去后，就到了禅城，一轮垂死的太阳照在废墟上的那个世界。现在，水潭没有了，那个世界也消失了，似乎从来没有存在过。让亚当和夏娃的种族视之为警告吧。"

"是的，阿斯兰。"两个孩子一起说。但波莉又补充了一句："可我们的世界总还没有禅城那么糟糕吧，阿斯兰？"

"还没有，夏娃的女儿，"他说，"还没有。但你们正在朝那个方向发展。说不定你们种族中某一个坏人会发现像悲惨咒语那样邪恶的魔咒，并用它来毁灭所有的生命。快了，很快，在你们变成老头子老太婆之前，你们世界中的大国将被独裁者统治，他们跟杰蒂斯女巫一样，不把幸福、公正和仁慈当回事。让你们的世界当心吧！这就是那个警告。现在说命令：尽快地拿到你们这位舅舅所有的戒指，把它们深埋到地下去，使得没有人再能用它们。"

当狮子说这番话时，两个孩子都抬起头，凝视着他。顷刻间（他们一点儿也不知道是怎么发生的），那张脸变成了一片起伏不定的金色海洋，他们漂浮在海中，一种温馨和甜蜜的感觉笼罩着他们，并渗透到他们体内，使他们意识到，自己以前从来没有体会过真正的幸福、智慧和美好，甚至没有活过、醒过。在他们的有生之年，那一瞬间的记忆一直伴随着他们。只要心中感到悲哀、害怕或者愤怒，就会想起那一刻美好的时光。那种美好的幸福的感觉依然存在，很近，好像就在某个拐弯处或者某一扇门后，就会重新回来，使他们由衷地相信，生活是美好的。不一会儿，三个人（安德鲁舅舅也醒了）就跌跌撞撞地回到了喧嚣、炎热和充满刺鼻气味的伦敦。

他们走在凯特莉家前门外的人行道上，除了女巫、马和马车夫消失了以外，一切依然如旧。灯柱还在，只是缺了一根横杆，马车的残骸和人群都在。大伙儿都在议论，有人跪在被打伤的警察身边，说着"他醒过来了""你现在觉得怎么样，老弟？"或者"救护车马上就到"之类的话。

"天哪！"迪格雷想，"我相信整个这次历险根本没费什么时间。"

大多数人还在着急地四下寻找杰蒂斯和那匹马。谁也没有注意到孩子们，因为谁也没有看见他们离去，也就不会注意到他们回来。至于安德鲁舅舅，他那身衣服和脸上的蜂蜜使他不可能被人认出来。真巧，前门开着，女佣正站在门廊里看热闹。（那姑娘多么开心！）所以，孩子们在任何人提出任何问题之前就催着安德鲁舅舅进了门。

安德鲁舅舅抢在孩子们前面冲上了楼。起先，迪格雷他们还怕他一头扎进阁楼，把剩下的魔法戒指藏起来。但他们的担心是多余的，他想的是柜子里的酒瓶。他马上拿着酒进了卧室，锁上了门。当他再出来时（时间不长），已经换上了晨衣，径直向浴室走去。

"你能去找其他的戒指吗，波莉？"迪格雷说，"我想去看妈妈。"

"好的，再见。"波莉说着"嗒嗒嗒"地跑上了阁楼。

迪格雷倚在门边喘了一会儿气，然后轻轻地走进了妈妈的房间。他妈妈照旧靠着枕头躺在那里，没有血色的苍白的脸实在让人心疼。迪格雷从口袋里拿出生命之果。

就像你在我们世界里看见的杰蒂斯同在她的世界里看见的不一样，迪格雷带回的果实看上去也有了变化。卧室里自然有不少各种色彩的东西：床罩、墙纸、从窗口射进的阳光以及妈妈那件漂亮的淡蓝色的短上衣。但当迪格雷从口袋里一拿出苹果，所有的东西甚至阳光都黯然失色。明亮的苹果在天花板上投下奇异的光彩，别的东西都不值一看了——你实在也无法再看任何别的东西。那只青春之果的香味使你觉得房间里似乎有一扇朝着天堂开启的窗户。

"哦，亲爱的，多可爱啊！"迪格雷的妈妈指着苹果赞美说。

"你把它吃下去，好吗？请吃下去，妈妈！"迪格雷说。

"我不知道医生会怎么说，"她回答，"但是真的——我觉得我好像可以吃。"

迪格雷削了皮，切开，一片一片地喂给妈妈吃。刚一吃完，妈妈就微笑了，头向后一挨枕头便酣然入睡——那是不需要借助任何药物的真正自然而温柔的睡眠。迪格雷知道，世上所有的东西中，这是妈妈最需要的。而且，他能肯定，她的脸上起了一点儿变化。他俯下身，轻轻地吻了吻她，拿着苹果核，带着一颗激

动的心，悄悄地出了房间。那一天中，不管他看见什么，都觉得太普通，太不稀奇，他几乎不敢有所希望了，但当他想起阿斯兰的脸，心中就又充满了希望。

那天晚上，他将苹果核埋在了后花园里。

次日清晨，医生照例来访的时候，迪格雷满怀希望地靠在楼梯的扶手上，听见医生和莱特阿姨走出来时说："凯特莉小姐，这是我行医生涯中见过的最不寻常的病例。它像一桩奇迹。我现在不想告诉那小孩任何情况，我们不愿给人任何错误的希望。但是，依我看……"接下去，他的声音便低得听不见了。

那天下午，迪格雷到了花园，用口哨向波莉发出他们约定的暗语（前一天她没能过来）。

"有好消息吗？"波莉爬在墙头上说，"我是问，你的妈妈身体好些了吗？"

"我想——我想正在好转，"迪格雷说，"但如果你不介意，我真的不愿再提这件事了。戒指怎么样？"

"我全拿到了。"波莉说，"看，没事儿，我戴着手套呢。我们去埋了它们吧。"

"好的，去吧。我已经在昨天埋苹果核的地方做了记号。"

波莉翻过墙，两人一起走过去。其实，迪格雷根本不需要做记号，那里已经长出了一点东西。不是正在长，而是像在纳尼亚看见的新树生长一样，已经长出了地面。他们拿了一把铲子，绕着那东西，把所有的魔法戒指埋成一圈。

大约一周以后，迪格雷的妈妈明显好转。两周后，她便能坐在花园里了。过了一个月，整幢房子都变了样。凡是妈妈喜欢的事，莱特阿姨都做了。窗户打开了，脏窗帘拉开后，房间里一片明亮，到处都有新采的鲜花。旧钢琴调好音后，妈妈又开始歌唱了，而且和迪格雷以及波莉在一起玩耍，连莱特阿姨都说："我敢说，玛贝尔，你是三个孩子中最大的一个。"

当事情不顺心时，你会发现在一段时间里会越变越糟。但当事情一旦开始好转，又常常是越来越好。这种好日子大约过了六周之后，在印度的爸爸写来一封长长的信，里面有很多惊人的好消息。老叔祖父柯克去世了，爸爸继承了他全部的财产，这当然意味着爸爸现在非常富有。他即将从印度退休回家，再也不走了。迪格雷一生下来就听说过但从未见过的那幢乡下大房子现在成了他们的家。大房子里有几套盔甲，有马厩、养狗场，有河流、公园、暖房、葡萄园和树林，后面还有茂密的森林。所以，迪格雷和你们一样，十分肯定地认为他们今后将过上幸福生活。但也许你想知道另外一两件事情。

波莉和迪格雷一直是非常要好的朋友，几乎每个假期她都到乡下去，和他们一起住在那幢漂亮的房子里。她在那儿学会了骑马、游泳、挤奶、烤面包和爬山。

在纳尼亚，动物们快乐地生活在和平之中。几百年里，女巫和其他任何敌人都没来骚扰那片乐土。弗兰克国王与海伦王后以及他们的孩子也非常幸福地生活在纳尼亚。他们的第二个儿子当了阿钦兰的国王。儿子们娶了仙女，女儿们嫁了河神与树神。女巫栽下（她自己并不知道）的路灯柱日夜照耀在纳尼亚的森林里，它长大的那片地方被叫作灯柱野林。几百年后，另一个孩子在一个下雪的夜晚，从我们的世界走进纳尼亚，发现那盏灯依然亮着。那次历险在某种意义上与我刚刚告诉你们的故事紧密相连。

这个故事最终是这样的。迪格雷埋在后花园里的苹果核长成了一棵美丽的树。因为长在我们这个世界的土壤里，远离阿斯兰的声音和纳尼亚年轻的空气，虽然它的果实比英格兰其他所有苹果都要漂亮得多，而且对你极有益处，但却没有十足的魔力，也不会再像救活迪格雷的妈妈一样使一个垂死的妇女恢复生机。但是，就这棵果树的内在性质而言，在它的汁液之中，这棵树（就这样称它吧）仍然没有忘记它所属的在纳尼亚的那棵树。有时没有刮风，它也会神秘地摇动。我想，这时候纳尼亚一定在刮大风。在英格兰的这棵树之所以战栗，是因为纳尼亚的母树在强劲的西南风中摇摆晃动。然而，以后证明了，这棵树的木质中仍然存在着魔法。当迪格雷到了中年（那时，他成了著名的学者、教授和大旅行家，凯特莉家的老房子也归他所有），英格兰南部的一场风暴吹倒了那棵树。他不忍心让人把它当柴烧了，便用一部分木料做了一个大衣橱，放在他乡下的大房子里。他自己虽然没有发现那衣橱的魔力，另一个人却发现了。那就是我们的世界和纳尼亚之间所有故事的开端，你可以在这套书的其他故事里读到。

当迪格雷和他的家人搬往乡下的大房子时，他们把安德鲁舅舅带了过去，与他们一起生活。因为迪格雷的爸爸说："我们必须阻止这老家伙再捣乱！可怜的莱特一直都要照看他，太不公平了！"安德鲁舅舅此后再也没有做过任何魔法实验，他吸取了教训。到了晚年，不再像从前那么自私，变得比较可爱。但他总是喜欢在弹子房里单独会客，给他们讲一个神秘的外国王族女人的故事，说他曾经和她一起驾着马车在伦敦街上兜风。"她脾气很坏！"他爱说，"可她是一个漂亮的贵妇人！先生，一个漂亮的贵妇人！"